菓子屋横丁月光荘

光の糸

ほしおさなえ

角川春樹事務所

目次

第一話　広瀬斜子　7
第二話　光る糸　147

主な登場人物紹介

遠野守人（もりひと）
埼玉県川越市にある古民家「月光荘」の住みこみ管理人。父母を亡くし、母方にあたる所沢・風間家から、父方の木更津・遠野家に引き取られて育つ。幼いときから家の声が聞こえる。

木谷先生
日本近代文学と地形の研究をしており、守人の指導教授だった。友人・島田の所有する古民家「月光荘」の管理人に、守人を推薦した。

べんてんちゃん
木谷ゼミの卒業生、本名・松村果歩。川越生まれの川越育ち、実家は地元の松村菓子店。母・桃子、保育士の姉・果奈とともに地域活動を行う。

田辺悟史（さとし）
守人とは木谷ゼミの同期。卒業後は埼玉県内の私立高校で国語教師に。川越のとなり、川島町に住む祖母・喜代は、守人と同様、家の声が聞こえた。夫・敏治と暮らした家は、守人の祖父・守章が建てたもの。

石野
守人とは木谷ゼミの同期。沢口とともに卒業後も交流がある。不動産会社に就職したものの半年で退社。その後、調理師学校に通う。

浮草（うきくさ）
守人も通う古書店。長年店主をしていた水上（みなかみ）は余命宣告を受け、バイトをしていた安西明里（あかり）、豊島（とよしま）つぐみのふたりに店を譲り、他界した。

庭の宿・新井
廃業した料亭を経営者の孫・美里（みさと）が再開させた一日五組限定の宿。「浮草」に宿のリーフレット制作を依頼し、佐藤陽菜（ひな）の農園から野菜を仕入れる。

菓子屋横丁月光荘

光る糸

第一話

広瀬斜子（ななこ）

1

月光荘のイベントスペースとしてのオープニングのあと、喜代さんが亡くなり、それからしばらくは気持ちが晴れなかった。以前から臥せっていたから、田辺や敏治さんも覚悟はしていたようだったし、天寿をまっとうしたといえる歳ではあった。

だが、歳を取っていたからといって、人がいなくなる悲しみは変わらない。あの家に行ってももう喜代さんに会えないということがどうしても飲みこめずにいた。

喜代さんは僕にとって、ほんとうに特別な人だった。家の声が聞こえる、僕と同じ力を持った人だったから。子どものころから、だれにも言えず、ずっと自分の胸にしまっていたことを、喜代さんとだけは共有できた。

喜代さんの家と、喜代さんと三人で話し、喜代さんに僕と同じ声が聞こえているとわかったときは、ほんとうに安堵した。生まれてはじめて、自分が自分のままでいい、と思えた瞬間だった。

亡くなる前、喜代さんと話したとき、心のどこかで喜代さんと会えるのはこれでもう最後かもしれない、と気づいていた。

――ごめんね。いつまでもいっしょにはいられないから。

あのとき喜代さんは言った。

――ああ、でもね、死んだらきっとこの家に溶けこんで、あの世界に行ける。そうしたら、みんなずっといっしょにいるようなものだから。

そう、にっこり笑ったのだ。

お葬式では、田辺も敏治さんも、満ち足りた顔をしていた。僕も悲しかったけれど辛(つら)くはなかった。でも、その悲しみは、いまも心のなかにしずかな海のように広がっている。

告別式には石野(いしの)といっしょに参列した。田辺は忙しそうで、あまり話せなかったけれど、石野の顔を見たとき、泣きそうな顔で笑った。あんな顔の田辺を見るのははじめてだった。喜代さんが亡くなる前、石野への気持ちを喜代さんに打ち明けた、と田辺は言っていた。

喜代さんのことでまだ気持ちも落ち着かないだろう、と思い、夏休み前まではこちらからはあまり連絡もしなかったが、学校が夏休みにはいったころにメッセージがきた。田辺はあれからもずっと川島町(かわじままち)の家に住んでいるようだった。

平日は勤務校のある川島町で過ごし、週末だけふじみ野(の)の実家に戻る。平日喜代さんの家に寝泊まりするようになったのは、喜代さんの世話をする敏治さんを手伝うためだったのだが、いまはひとりになった敏治さんを放っておくわけにもいかないということらしい。

——まあ、祖父自身もこの数年でかなり歳を取ったからね。まだまだ元気で、自分のことは自分でできる、って言ってるけど、話し相手がいないとボケちゃうかもしれないから。

田辺はそう言って笑った。

月光荘の仕事がない火曜日、田辺が月光荘にやってきた。大きな袋を提げているのでなにごとかと思ったが、敏治さんの畑で採れた野菜らしい。トウモロコシやナス、きゅうり、ピーマン、オクラ。みんなつやつやしている。

「すごいね。どれも立派だ」

「まあ、むかしは畑仕事で暮らしてたから。ただ、いまはじいちゃんひとりだから、できる範囲でやってる。週末は俺もけっこう手伝ってるけどね」

「そうなのか」

敏治さんが元気そうでよかった、と思う。

田辺はやつれているというわけではないが、以前より少し痩せた気がする。それに、落ち着いた表情になった。大学時代の生気が少しだけ抜けて、その下にあった影のようなものが顔をのぞかせている。なんだかはっとして、ああ、田辺にはこういう部分があったのか、と思った。

　こういう、というのがどういうことなのか、言葉で説明するのはむずかしい。生長とともに植物の皮がむけて落ちるように、人も歳を取るごとに若いころにその人を覆っていた生気が少しずつ落ちて、芯に近い部分が外にあらわれてくるということなのかもしれない。

「ばあちゃんが亡くなったあと、なんかやらないと、って言いだして、種をいくつか買ってきて、いっしょにまいたんだ。やっぱり、身体を動かすのがいちばんなんだよな。ただじっとしていると、暗いことばかり考えちゃうからね」

　田辺は言った。

「きっと、完全に気が晴れることはないんだと思うよ。ずっといっしょにいたばあちゃんがいなくなったんだから」

「そうだね」

「それでも日々は続くから、生きる目的みたいなものがほしいんだと思う。種をまけば、それが実るまでは世話をしたいと思う。収穫の喜びもあるし、人に渡して喜んでもらえばうれしい。遠野にも渡してほしい、って前々から言われていたんだよ」

「僕に……？　申し訳ない」

お葬式のあと、喜代さんの家に連絡もせずにいた。月光荘の仕事が忙しく、昼間なかなか時間が取れなかったのもあるけれど、なにを話したらいいか迷ってしまっていた、ということもある。もう少し時間を置いたほうがいいかも、と思ううちに夏になっていた。

「いや、いいんだよ。自分に役割があるって実感できることが、じいちゃんにとって大事なことだと思うから。畑仕事はさ、俺だけじゃなくて、母や妹が来ることもあるんだ。けっこう楽しんでるみたいでさ」

そこまで言って、田辺は少し目を泳がせた。

「ときどき、石野も来るんだ」

思い切ったように言った。

「え、石野も？　じゃあ、もしかして」

ついに石野に告白したのか、と思って田辺を見た。

「いや、まだ言ってない。ばあちゃんが死んだあとだし、タイミングがむずかしくて」

田辺が苦笑いする。

「なんだ、そうなのか。じゃあ、どうして？」

「告別式のあとに、なぜか石野が家に来てくれて。自分の作ったお惣菜(そうざい)を持ってね。たくさん作ったから、食べてみてほしい、って」

「へえ」

それは石野の方も田辺のことが気になっているということか。沢口が、石野も田辺のことが好きなんじゃないか、と言っていたのを思い出したが、照れくさくて言いだせない。こういうことはどうも苦手だ。まあ、得意なやつなんていないのかもしれないが。

「でもあれはたぶん、じいちゃんがひとりになったのを石野なりに心配してたんだと思うんだよな。じいちゃんがそのときちらっと畑仕事の話をして、そしたら石野が自分もやってみたい、って言いだしたんだよ。じいちゃんもなんかうれしくなったみたいで」

田辺がははっと笑った。

「まあね、ばあちゃんのこともあったし、冬のあいだ畑は放ったらかしになってて。それで春になったし、もう一度たがやして種をまいてみようか、ってことになったんだよ。母と妹と石野といっしょに畑をたがやしてさ。前に一度遠野にも手伝ってもらっただろ？」

「あ、ああ、そうだったね」

あれはたしか去年の連休。陽菜さんの農園に行ったあとだった。あのときは喜代さんもいて、田辺と敏治さんが出かけているとき、喜代さんといろいろ話したんだった。あのときの姿の記憶が、いまは宝物のように思える。

「あのときは長いこと放ったらかしになっていたからたいへんだったけど、今回はそこまでじゃなくて。みんなでなにを植えるか考えたりしてさ。けっこう楽しかったんだ」

「じゃあ、今回の野菜はそのとき植えたもの？」

「そう。種からだと季節に間に合わないかもしれないから、って、苗を買ってきたものもあるんだけどね。ああ、そうだ、トウモロコシはすぐに蒸せって言われてたんだった。時間が経つと味が落ちるから、って。キッチン、使えるかな」

「うん、大丈夫だよ。でも、蒸し器は持ってないよ」

「大丈夫。持ってきたから。車に置いてあるから、とってくる」

田辺はそう言って立ちあがり、階下に降りた。トウモロコシのまわりの皮を取り、田辺が駐車場から持ってきた蒸し器にトウモロコシを並べる。一度にはいらないので、何回かに分けて蒸した。

僕ひとりでは食べきれそうになかったので、べんてんちゃんも呼んでみることにした。べんてんちゃんは春から地元の小学校で働いている。いまは夏休みだが、午前中はプール当番、午後は個人面談がはいっているらしく、夕方行きます、と言われた。

「うわあ、先輩、お久しぶりです」

べんてんちゃんは変わらずの弾むような声で言って、田辺にぺこっと頭をさげた。べんてんちゃんも教師になってからは忙しく、前のように頻繁に顔を合わせることはなくなった。それでも関心があるイベントのときは、桃子さんといっしょに月光荘にやってくる。

「これが先輩のところで採れたんですね。立派ですねえ。おいしそう」

べんてんちゃんが野菜を見まわす。

「わたし、いま学校で三年生を受け持ってるんです。一学期にオクラを育てたんですけど、どれもミニミニサイズだったなあ」

そう言って、オクラを手に取る。

「こういうのを見ると、やっぱり専門家はすごいなあ、って思います。なんで先輩の畑で採れたやつはこんなに大きくなるんですか？　土や肥料がちがうってことですか？」

オクラに目を寄せて、じっと見た。

「そうだねえ。畑だと追肥もするし、オクラはけっこう根を張る植物だからね。プランターだとどうしても土が少ないから」

「そういうことなんですね。やっぱり根っこが大事なんだ」

べんてんちゃんはそう言いながら、うんうん、とうなずく。

「それで、小学校はどう？　仕事に慣れた？」

田辺が訊いた。

「まあ、なんとか。でも、とくに男子は活発ですし、ほんと、重労働です」

「小学校の先生は体力つくよな」

田辺が笑った。

「三年生ともなれば自分であれこれ考えてますから、そう簡単に丸めこめないんですよ」

べんてんちゃんが苦笑いする。

それからしばらく三人で夏休みの計画について話した。

小学校のプール指導などもお盆期間中はお休みになる。べんてんちゃんはその時期に大学の同期の女子数人と旅行に出ると言っていた。研修やらなにやらで予定がそろわず、春休みに卒業旅行に行けなかったそうで、どうせなら豪華に、ということで三泊四日で沖縄に行くのだそうだ。

田辺は喜代さんの初盆だし、親族と家でゆっくり過ごすと言う。

「遠野はどうするんだ？　仕事が忙しそうだけど」

田辺が訊いてくる。

「イベントスペースだからね。お盆休み期間はむしろいつもより忙しいくらい。『町づくりの会』の人たちの毎月恒例のワークショップもあるし。今年は子ども向けイベントもいくつかあって、『昭和の暮らし資料館』や『紙結び（かみむす）』との合同企画もあるから」

昭和の暮らし資料館と「紙結び」はどちらもこの春に川越にできた施設だ。オープンの時期が月光荘といっしょだったから、オープニングセレモニーを合同でおこない、この夏もスタンプラリーをすることになっていた。

単にスタンプを押すだけではつまらないから、三施設と「町づくりの会」で相談して町歩きクイズを入れた冊子を作り、全問正解者にはプレゼントを渡すことになっている。クイズの内容と協賛者集めは「町づくりの会」と昭和の暮らし資料館、冊子作りは月光荘、プレゼントの提供は「紙結び」、という具合で仕事を分担していた。

「子ども向けイベントの方は、学校でもちゃんと宣伝しときましたよ。ご両親とスタンプラリーに参加するって言ってた子もけっこういました」

べんてんちゃんが言った。

「たいへんそうだけど、にぎやかになってきたのはいいことだよね」

田辺が笑った。

「代わりに八月の後半に少し休みをもらえることになったんだ。でも、遠出まではできないかな。風間(かざま)家で法要もあるから」

「法要って、もしかして、遠野のご両親の？」

田辺が訊いてくる。

「そう。十七回忌。祖母の分も合わせてね。ほんとは秋なんだけど、この時期の方が集まりやすいからって」

法要といっても、十七回忌ともなれば、もうそう大きなことはしないのがふつうのようだが、長いこと連絡の取れなかった僕が帰ってきた、ということで、予想外にたくさんの人が集まることになったらしい。

だれを呼ぶか、お布施はどうするか、などわからないことばかりだったが、だいたいのことは幸久さんが取り仕切っていたので、僕はただ言われたことを手伝っていただけだった。幸久さんというのは僕の祖父であるところの風間守正の兄・幸守の長男。僕との関係をなんと呼ぶのかよくわからないが、現在の風間家の長のような人である。

「あと、島田さんから、木谷先生といっしょに食事に行こう、って誘われていて」

「島田さんから？」

べんてんちゃんが言った。島田さんは月光荘の持ち主で、イベントスペース月光荘の経営者。つまり、僕にとっては大家であり、雇い主でもある。僕の指導教授だった木谷先生の大学時代からの友人で、僕はその伝手でこの月光荘に住むようになったのだ。

「そう。月光荘の今後のことも相談したいし、って」

「そうなんですか。いいなあ」

べんてんちゃんがうらやましそうな顔になる。

「川越のお店ですか？」

「いや、それが、ここからはちょっと離れたところらしい。くわしいことはまだ聞いてないんだけど、古民家を使った個室蕎麦懐石のお店だって」

「個室蕎麦懐石……。なんかすごそうですね」

べんてんちゃんは目をぱちくりした。僕もそんなお店に行くのははじめてで、高そうだし、ちゃんとスーツを着ていくべきなのか、とどぎまぎしていたのだが、そういう格式ばったお店じゃないから楽な格好で大丈夫だよ、と言われた。

「木谷先生とも会えるんだな。よろしく伝えてくれ」

田辺が言った。

「木谷先生にも会いたいですねえ。月光荘の木谷先生の講座に行ってみようかな」

木谷先生の地図の講座は、月光荘がイベントスペースとしてオープンする前の相談で、島田さんが木谷先生にもなにか講演をしてほしい、と提案したところからはじまった企画だった。

最初は川越のむかしの地図を使ってなにかすることを考えていたようだったが、川越の歴史については「町づくりの会」や「川越歴史研究会」の人たちの知識にかなわない。それで、むしろ川越にこだわらず、地図と文学をテーマにいろいろな土地について語るという企画に変えたのだ。

初回は鎌倉で、なかなかの盛況だった。地図資料館の常連客がいて、その人たちが関心を持ってやってきてくれた。川越以外の土地を扱ったのがかえってよかったようで、ふつうの観光案内では出てこない専門的な話が出てくるのも好評だった。

木谷先生としても、鎌倉については一度の講座では語り尽くせなかったらしく、すぐに二回目の講座を設定することになった。それから一ヶ月に一度、土曜の午後に開催するようになり、「羅針盤」の安藤さんや、笠原先輩のお父さん・方介さんも常連になっている。

「うん、ぜひ。木谷先生も喜ぶと思う。八月の回はもう満席だけど、次の九月だったらまだ大丈夫だよ」

スケジュール表を見ながら、べんてんちゃんに日程を伝えた。べんてんちゃんはいっしょに旅行に行くメンバーも誘ってみる、と言っていた。

2

八月の木谷先生の講座は田端文士村をテーマにしたものだった。

田端は明治の中ごろまでは田畑や雑木林ばかりだったが、明治二十二年、上野にいまの東京藝術大学美術学部の前身となった東京美術学校が開校されると、鉄道で通じる田端に若い芸術家が集まるようになった。

画家の小杉放庵、陶芸家の板谷波山、彫刻家の吉田三郎、鋳金家の香取秀真らが居を構え、田端在住の芸術家たちが「ポプラ倶楽部」を結成。大正にはいって芥川龍之介や室生犀星が住み始めたことで、萩原朔太郎、堀辰雄、菊池寛、中野重治も移住してきた。

芸術家と作家たちはたがいに交流し、さまざまな雑誌を作るようになり、田端は文士村と呼ばれるようになった。電話もなく、電車の本数も少なかった時代、こうしてひとところに集まっていた方が、なにかと活動しやすかったのだろう。

しかし、大正十二年に関東大震災が発生。田端には大きな被害はなかったものの、東京を去る人たちも増えた。そして、昭和二年、田端文士村の中心的人物だった芥川龍之介が自殺する。室生犀星は衝撃を受け、田端を去り、荏原郡の馬込文士村に転居する。

昭和二十年には第二次世界大戦の空襲で田端は甚大な被害を受け、文士たちもみな田端を去る。田端文士村はこうして終焉を迎え、土地の景観も大きく変わってしまった。

木谷先生は、田端が文士村として栄えていたころの地図を引き、現在の地図とくらべながら、どこでどのようなことが起こったかを解説した。空襲で焼けたせいで、いまの田端には、かつての田端の面影はほとんど残っていない。地図をならべるとそのことがよくわかった。

講演のあとには茶話会が開かれ、常連の安藤さんや、方介さんのほか、島田さんの姿もあった。島田さんは一時期田端に住んでいたことがあり、文士村には前から関心があったようだった。

「『田端文士村記念館』っていう施設もあるんですねえ」

安藤さんが言った。

「そうなんです。なかなか大きな施設で、展示物もたくさんありますよ。芥川龍之介の家の復元模型もありますし、企画展も充実していて」

木谷先生が答えた。僕も一度ゼミ生たちといっしょに記念館に行ったことがある。木谷先生が引率する遠足は、記念館に行くといってもたいていそれだけではすまない。地図を片手に、そのあたりをうろうろすることになる。

文士が好んで住む場所はなぜか起伏に富んだ場所が多く、田端も例外ではなかった。坂が多く、なかには急坂のために階段坂になっているところもたくさんあった。

東京は海に近いし、建物に覆い尽くされているように見えるけれど、実はとても坂が多いのだ。それにくらべると川越の町は平坦である。

でも、そういえば、僕がむかし暮らしていた所沢は起伏のある場所だった、と思い出した。風間家の墓のある狭山のあたりもそういう感じだ。墓地からは入間川に向かってくだっていく地形を見渡すことができた。

「いつかこの講座のメンバーで散策に行きたいですねえ」

安藤さんが言った。

「ほんとほんと。その記念館にも行ってみたいし。東京なんて何度も行ってると思ってたけど、行ったことないところはたくさんありますよね」

方介さんがうなずく。

「じゃあ、いつか遠足の企画を立てましょうか。僕は大学のゼミで何度も遠足に行ってるんですが、行くたびにあたらしいものが見つかりますから。楽しいですよ」

木谷先生がにっこり笑った。

「へえ、それはいいですねえ。むかしは勉強なんてたいへんなだけだと思ってましたけどね、この歳になると、いろんなことを知りたくなる。まだまだ知らないことがたくさんある、と思うと、生きる気力が湧いてくるっていうか」

方介さんが言った。

「いやあ、でも木谷の遠足に行くなら、かなり歩くことを覚悟したほうがいいですよ」

島田さんが笑った。

「そうなんですか？」

「僕も何度かいっしょに歩いたことがあるんですけどね、木谷は歩くことをまったく厭わないんですよ。坂をいったんおりたのに、上に気になるものがあった、とか言って、おりてきた坂をまたのぼりはじめたりね。さっきおりる前に寄っておけばよかっただろう、って文句を言っても、あのときは下に気になるものがあって、先にそっちを見たかったから、とかいう感じで」

島田さんが笑った。そのあたりは僕もまったく同意である。木谷ゼミの遠足は上下の移動がはげしく、ゼミにはいったばかりの三年生は、最初はたいてい音をあげる。石野などはこんなはずじゃなかった、とぶうぶう文句を言って、沢口にたしなめられていた。べんてんちゃんは上下移動をものともせず、元気に駆けのぼったり駆けおりたりしていたが。

「いいじゃないですか、ねえ」

安藤さんが方介さんに言う。

「ええ、望むところですよ。我々も足腰を鍛えておかないといけないと思って、毎日万歩計つけて歩いてますからね」

方介さんが得意そうに腕につけたスマートウォッチを見せる。

「万歩計じゃなくて、スマートウォッチでしょ？」

安藤さんも袖をめくり、スマートウォッチを見せた。

「そうそう、でも、万歩計みたいなものだよ。時間もわかるし、便利だよね」

方介さんが笑った。


お客さんが帰ったあと、島田さんと木谷先生の三人で少し話をした。木谷先生は遠足企画を本気で考えていて、遠足自体は別の場所に行くことになるけれど、月光荘のイベントの一環として、レクチャーは月光荘でおこないたい、と言っていた。

「予習として先にレクチャーをする方法もあるけど、行った先で見たことをみんなにまとめてもらって、あとで発表会をする、っていうのもいいかもしれないねえ。ゼミでもよく似たようなことをしてるけど、大人がやるとまた違った視点があるかもしれないし」

木谷先生が言うと、島田さんも同意した。

「あとは時期だよね。後期がはじまると卒論指導も忙しくなるし、大学が長期休みになる春休みかなあ。っていっても、二月のあいだは入試やらなにやらで忙しいけど」

「二月はまだ寒いですからね。三月になってからの方がいいんじゃないですか」

僕はスケジュール表を見ながら言った。年末まではもうけっこう予定もいっぱいだし、いくらゼミで慣れているといっても、遠足に行くとなればいろいろ準備が必要だろう。

「うん、そうだね。寒い時期は天候も心配だし。三月かな。こういうのは早めに日程だけでも決めないとね」

木谷先生は革の表紙の年季のはいったスケジュール帳を取り出した。入試が終わり、卒業式や学会などともかぶらない三月の土日は限られている。それで、仮にその日程で決定ということにした。

「ところで、今度行く蕎麦懐石の店のことなんだけど」

スケジュールの確認が終わると、木谷先生が言った。

「ああ、『とんからり』ね」

島田さんがにまっと笑う。

「とんからり?」

木谷先生が首をひねった。

「うん、そういう名前なんだよ」

「機織り(はたお)の音みたいな感じだね」

「そうそう、むかしその家では機織りをしてたみたいで。それでその名前にしたとか」

「へえ。機があるのか」

木谷先生が訊いた。

「いや、機自体はもうないんだよ。むかしは機織りをしてたらしい、って伝えられてるだけで」

島田さんが答える。

島田さんによると、その店は狭山市の広瀬(ひろせ)というところにあるらしい。大正時代に建てられた古民家を改築した店で、最近知人に連れられて行ったのだが、部屋数も多く、一間に一組で落ち着いて食べられるのだそうだ。

「料理もすばらしいし、すごくいい店なんだけど、秋に閉じてしまうみたいなんだ」

島田さんが言った。

「え、なぜ?」

「店主ももう七十歳をすぎて、店を切り盛りするのが辛くなってきたみたいで」

「そうか。それは残念だね」

「だから、すぐに行かないと、と思って。ほんとはもっと涼しくなってからの方がいいんだろうけど」

島田さんは言った。

「で、その建物はどうなるんだ? 大正時代の家なんだろう?」

「うん。でも、店に改築するときにだいぶ手を入れているから、伝統建築とは言えないみたいだ。あちこちガタが来ていて、改修するには相当なお金がかかる。土地を買いたいっていう人はいるらしいんだけど、建物は取り壊すことになる、って」

島田さんによると、その建物が蕎麦懐石の店になったのは二十年ほど前のことらしい。それ以前は老夫婦が住んでいたが、二十五年ほど前に相次いで他界し、空き家になっていた。老夫婦の息子はもう古い家だし処分することを考えていたようだが、たまたま古民家を探していたいまの店主が建物の佇まいを気に入って購入することになった。

その人は東京の懐石料理の店で働く料理人で、独立して自分の店を構えるにあたり、都内ではなく、東京から離れた一軒家にしたいと考えていた。狭山の出身で、実家に戻って来たときに両親からその家の話を聞き、見に行ってひと目で気に入ったのだそうだ。

建物を改築し、前から好きだった蕎麦打ちの技術を生かして、蕎麦懐石の店とした。駅からも離れているが、味も確かなものだったし、建物の風情もあって何度か雑誌などに取り上げられたこともあり、わざわざ遠方から来る客もいるらしい。

「っていうことは、店主さん自身は、その家に縁がある人じゃなかったんだ。じゃあ、その家で機織りがおこなわれてたっていう話はどうして……？」

木谷先生が訊いた。

「たしか、店主が家を買うとき、そのときの家主、つまり、そこに住んでた老夫婦の長男から聞いたって言ってたな。まあ、その家主はもちろん、その父親も、実際に機織りがおこなわれていた時代のことは知らなかったみたいだけど」

「そんなにむかしの話なのか」

「うん。機織りがおこなわれてたのは大正時代くらいまでらしいよ。家主の父親が生まれたときには、機はあったけど、もうだれも機織りはしてなかった。父親が彼の父親、つまり、家主の祖父にあたる人だね、その人から、これはむかし布を織るのに使っていたんだ、って聞いただけ。実際にそれで織物ができる人はもういなかったみたいで」

「大きいから捨てられずにとってあった、っていうことか」

　木谷先生が腕組みした。

「たぶんね。とりたてて大事にされていたっていうわけでもなかったみたいだし。それで、父親が子ども時代に処分されたみたいだ」

「じゃあ、なんで『とんからり』なんて名前にしたんだろう」

　木谷先生が首をひねる。

「え、どういうこと？」

「いや、最初話を聞いたときは、店主がその家で生まれ育ったのかと思ったんだ。それで機に思い出があるとか、機織りしていたころの話を親や祖父母から聞いて育ったとかさ。なにかしら機織りに縁があるからその名前にしたのかな、って」

「さあねえ。そんなに深い意味はないんじゃないのか。『とんからり』って響きもいいし、機織りの話と組み合わせると覚えやすいし……」

「まあ、なつかしい感じの響きだし、お店の名前としては素敵だと思うけどね」

木谷先生が言った。

「そんなに気になるなら、今度行ったときに店主に訊いてみたらいいんじゃないか。でも、木谷は変なことに関心を持つよね」

島田さんが笑った。

「そういう探究心があったから学者になったんだろうけど。しかし、いつもながら、細かいことを気にするなあ」

「え、そうか？」

木谷先生は意外そうな顔をした。

「そうだよ。遠野くん、木谷はね、大学時代は『探偵』っていうあだ名だったんだ」

島田さんがくすくす笑いながら僕に言った。

「探偵、ですか？」

はじめて聞く話だった。

「そう。ちょっとしたことにいちいち『あれはどうしてこうなんだろう』とか『あのときのあれはどういう意味なんだろう』みたいなことばかり言っててね」

「そうか？　僕からすると、なんでみんな気にならないんだろう、と思ってたけど」

木谷先生が不満そうに言う。

「答えがわからないままになることも多かったけど、あとで意味があるとわかったこともけっこうあったんだ。それで、人を見る目があるんだな、と思って、大事な場面ではよく木谷に相談してた。だから月光荘の管理人のことも、木谷にいちばんに相談したんだよ」

「いや、島田がそんなふうに僕を信頼してくれてるなんて、いまはじめて知ったよ。けど、管理人を遠野くんにしたのは正解だっただろう？」

「うん。遠野くん以上の適任はいなかった。紹介してもらってほんとによかったよ」

島田さんがうなずいた。なんだか気恥ずかしく、なにも言えない。

しかし、そう考えてみると、木谷先生はなぜ僕を推薦してくれたのか、よくわからなくなる。当時は、住む場所に困っている僕を見かねて話をまわしてくれたのだとばかり思っていた。

僕は人づきあいが苦手だから、営業職にも教員にも向かない。あのころはそう思っていたし、だいぶ改善されたけれど、いまだってべんてんちゃんや田辺みたいにはできない、と思う。建物を管理するだけなら人と接する必要もない。おとなしく真面目(まじめ)な人間で、要するに面倒ごとを起こすような心配がない、ということで推薦してくれたのだ、と。

しかし、木谷先生としてはもう少し考えてのことだったのかもしれない。その評価に見合うことができているのか自信はないが、少しうれしかった。

「いまなら言ってもいいかなあ。遠野くん、最初に君を紹介してくれたとき、木谷が君のことをなんて言ってたのか、わかる?」

島田さんがにまっと笑った。

「なんて言ってたんですか?」

気になって、思わず訊いた。

「繊細で、霊感のようなものがある」

「え、霊感?」

ぎょっとして、木谷先生を見た。先生は困ったような笑みを浮かべている。

霊感という言葉にも驚いたが、もしかしたら、家の声が聞こえることを悟っていたんじゃないか、と思った。

「霊感なんて言われたら、ふつうは引くよね。僕も最初はびくっとしたけど、木谷は想像するような悪いものじゃない、むしろ古い家に住むには必要な能力かもしれない、って言ったんだ」

木谷先生はほんとになにか悟っているんだろうか。気になって、先生を見た。

「いや、霊感っていうのは変な言い方だったんだけど、ほかに言いようがなくて……」

先生はいつもと変わらない様子で、苦笑いした。

「前々から、古い建物にはいったとき、妙に居心地が悪いと感じることがあってね。建物の歴史を知ってるためにその知識に引っ張られてのことだと思っていたけど、前情報がなにもなくても心がざわざわすることもあったんだよ。それが、遠野くんを連れて行くようになってしばらくして、遠野くんも似たようなことを感じてる、って気づいたんだ」

そう言われて、なるほど、と思った。ゼミにはいる前、授業でも何度か木谷先生とフィールドワークに行ったことがある。そのとき、何度か声が聞こえたことがあった。

「遠野くんがリラックスしているときは、僕も妙なざわつきを感じなかった。逆に違和感があるときはたいてい遠野くんも落ち着かない表情で……。だから、これはなにかあるのかもしれないな、と思ったんだ。あ、でも、それ以外のところでは、遠野くんは至極真っ当な学生だよ。そのこともちゃんと伝えて……」

木谷先生があわてて言った。

「いやいや、ほんとに木谷は変なことは言ってないんだよ。むしろ人格的に信頼できる、って方を前に出してて、霊感のことは最後の方にちょこっと言っただけ」

島田さんも言い訳するように僕に言った。

「でも、その話を聞いて、僕の方がちょっと関心を持ったんだ。僕はこの町の生まれで、古い建物に囲まれて生きてきた。いまは東京のマンション住まいで、勤めも都心で、霊みたいなものとは無縁の生活をしてるけどね、やっぱりそういうものを完全に否定することはできないわけ」

島田さんが笑った。

「月光荘を改修するときも迷いはあったんだ。妻は将来住んでも、とか言うけどさ、そんな簡単なものじゃない。建物の管理のむずかしさもあるし、悪い気がある場所には住めないでしょう。この家はうちが建てたわけじゃなくて、あとで買ったものだから、それまでになにがあったかまではよくわからないし」

話を聞きながら、ここに越してきたばかりのことを思い出していた。むかしこの家に住んでいた女の子のこと。「羅針盤」の安藤さんからその話を聞いて、丸窓のことを知った。それからたまたまその女性が月光荘を訪ねてきて……。

月光荘ははじめは歌うだけだった。会話ができるようになったのはそのあとのことだ。

「むかしといまでは、人の考え方も社会も違うからね。悪い記憶のまったくない土地なんてきっとどこにもない。年月が経つうちにいろんなものが浄化していく。それでいいんだと思う。でも、木谷や遠野くんがどう感じるか知りたかったんだ。それでわざわざ月光荘で面接をした」

「え、そうだったんですか」

島田さんとの面接のためにここまで来たときのことを思い出した。

「木谷と遠野くんの反応を見て、すごく安心したんだよね。同時に、この人ならまかせられる、という気持ちにもなった。試すようなことをしてしまって申し訳ない」

島田さんが言った。

「いや、でもまあ、これだけの家をまかせるわけだから。慎重になるのは当然だろう」

木谷先生が笑う。

「僕もこの家には悪いことはなにもない気がしていた。いると落ち着くし。でも、木谷も遠野くんも気に入ってくれたのがうれしかったし、すごく安心したんだよ」

島田さんがそんなことを思っていたとは。不思議な気持ちになる。あのとき僕は、この家に惹かれるとともに、大丈夫だろうか、という思いもあったのだ。この家に飲みこまれてしまうんじゃないか、自分を失ってしまうんじゃないか、なんてことまで考えた。

それはまったくの杞憂だった。月光荘に住んだことで僕はようやく自分を認めることができ、多くの人と出会い、生きる場所を見つけた。

「遠野くん、ここに住みはじめてすぐにあの丸窓を見つけただろう？　あのとき、ほんとに遠野くんに管理をまかせてよかった、と思ったんだよ。最近になって、ご先祖さまが『家の医者』って呼ばれてたってことを知って、そういう力なのかな、って思ったりして」

「いえ、あれもここに来てから知ったことで。もし月光荘に住んでなかったら、一生知らずに終わったかもしれません」

風間守章の存在を知ったのも、月光荘を改修した建築士の真山さんとの出会いがあったから。それどころか、真山さんのおかげで、風間家の人々と再会することもできたのだ。

「そうそう、風間家の人たちとも再会できたしね。遠野くんにとってもここに越してきたのはいいことだったよね」

木谷先生が微笑む。

「はい。島田さんにも、紹介してくださった木谷先生にも、ほんとに感謝してます」

僕は深く頭をさげた。

「月光荘をイベントスペースとして活用するというのも、遠野くんがいなかったら思いつかなかったことだと思うし。だから今度の『とんからり』は僕からのお礼というか……。

遠野くんの分は、もちろん僕らが持つから。イベントスペースの管理人になってもらったあと、ちゃんとお祝いもしてなかっただろう？　就任祝いってことで」

島田さんが笑った。

「え、そんな……」

「そうだな、大学院の修了祝いもしてなかったし。ここは遠慮しないで」

木谷先生も笑った。

「あ、ありがとうございます。ではご馳走（ちそう）になります」

遠慮しすぎるのも礼を失すると思い、僕は頭をさげた。

まさか霊感がある、と言われていたとは。

木谷先生も島田さんも、人と違う力の存在を否定する気はないらしい。でも、家の声のことを打ち明けるのはやめた方がいいだろう。「霊感のようなものがある」と思われることと、自分から「こういう力があります」と話すことのあいだには、かなり違いがある。

霊感を悪用して金儲（かねもう）けに使う人もいるというし、それがほんとうの霊感なのか詐欺なのかよくわからないが、いずれにしても公言すれば変なことになるに決まっている。

喜代さんのように同じ力を持っている人ならいい。田辺には喜代さんのことがあるから打ち明けたけれど、あれは特別なことだ。声を知らない人に話せば、ほんとうに信じてもらえたのか、ずっと気にしながら生きていかなければならなくなる。仲違いにつながるかもしれないし、ひとりで秘密を抱えるのとは別の重荷を背負うことになる。

そもそも、秘密というのはある種の枷だ。だれかと秘密を共有するということは、自分が縛られることでもあり、相手を縛ることでもある。たとえ親しい人であっても、家族であったとしても、自分の秘密を相手に負わせるようなことがあってはいけない気がした。

3

八月下旬、風間家の法要があった。前に墓参りしたときにはいなかった親戚まで集まっていて、けっこうな人数だった。

風間家の新年会に出ていたのは小学校三年までだから、はっきり覚えていないところもあったが、会って話すうちにだんだん記憶がよみがえってきた。

僕ははとこのなかではいちばん下で、その上はゆきくん。それより上のはとこたちは、あのころすでに大学生や高校生で、いっしょに遊んだ記憶はない。でも、顔はぼんやり覚えていた。その人たちはすでに結婚している人がほとんどで、子どもを連れてきている人もいた。

子どもたちのなかにはゆきくんとよく似た子もいた。親子ではないのに、やはりどこかが似ている。そっくりというわけではないが、みんなどことなく似たところがあって、一族とはこういうものか、と思う。

法要のあとの食事会では、幸久さんにうながされてあいさつもした。僕は子どもだったからあまり覚えていなかったけれど、年上のはとこたちはそれなりに僕のことを心配してくれていたようで、みな自分のいまの仕事のことやらなにやらを聞かせてくれた。なかには川越の駅の近くに住んでいるという人もいて、月光荘のことを話すと、いつか遊びに行きたい、と言ってくれた。

月光荘のプレートもカバンにつけていった。プレートの月光荘はしゃべらないが、そのときの風景は見えているらしい。

「オボウサン、ウタッテタ」

家に戻ってから、月光荘はそう言った。

「歌？」

僕がそう訊くと、月光荘はお経のようなものを唱えはじめた。どうやら月光荘にはお経が歌のように聞こえたらしい。

「ああ、お経のことか」

「マエニモ、キイタ。キヨサンノ、オソウシキ」

月光荘に言われ、はっとした。喜代さんが亡くなる少し前、僕は月光荘に喜代さんのことを話した。僕と同じように家と話せる人がいると。月光荘は喜代さんに会いたがったが、そのときにはもう喜代さんは家の外に出ることなどできない状態だった。

そのあとすぐに喜代さんが亡くなり、お通夜のときにはあわてていて忘れてしまったが、告別式のときには月光荘のプレートをカバンにつけていったのだ。

「そうか。あのときもお経、あったね」

「ヒト、タクサン。オショウガツト、ニテル」

「お正月って、家の世界の？」

「ソウ。イエ、ヒトニナル。アツマル。ウタッテ、オドル」

前にも何度か聞いた。お正月になると家たちは人の姿になってその場所に集まるのだと。

僕自身、喜代さんの家で、家たちの世界の夢を見た。喜代さんも見たことがあると言っていた。それが月光荘の言っていた場所と同じなのかはいまだにわからないし、月光荘の言う人の姿というのがどういうものなのかも定かではないのだけれど。

人といっても、僕たちのようにはっきりした形を持っているのか。それとも影のようなものなのか。何度も訊いてみたのだけれど、月光荘のカタコトの説明ではどうにも要領を得ない。それに、月光荘は家たちを個別に見分けるということに関心を持っていないみたいだった。

僕らもお祭りのときなどは似たようなものだろう。近所の人たちが集まっているが、だれがだれかなんて考えない。ただ漠然と人が集い、にぎわう。それ自体が楽しい。

家たちは、相手がどこのだれかなんてことにはそもそも関心がないのかもしれない。これまでに会ったことがあるか、そうでないかの区別にも。ただ集うことだけが楽しく、みんなで歌って、踊る。きっとそういうことなんだろう、といつのまにかそのまま受け入れていた。

月光荘にとっては、お正月の家たちの集いも、人間のお葬式も法要も似たようなものに見えているのかもしれない。いや、そもそもそれは似たようなものなのかもしれない。

お葬式も法要も、亡くなった人を偲ぶ場だ。お葬式のときは、集まる人の心は悲しみでいっぱいだ。だが、集うことで心があたたまる。嘆くために集うのではなく、亡くなった人を送るために集う。みんなで心を合わせ祈る。その祈りが集まった人の心をあたためる。

法要も年が経つごとに悲しみの色は薄くなる。くりかえし集い、なくなったものがかつてともにあったことを確かめあう。

そうだ、お祭りだって、もともとは先祖の魂を偲ぶものではないか。

人が亡くなること。あちらの世界に行くこと。それが積み重なって家になり、町になり、弔いをくりかえすことでそこで生きる人たちがつながる。

そんなことを思いながら、月光荘が唱えるお経のようなものを聴いていた。

法要の翌日は家でぼんやり過ごした。月光荘も地図資料館もこの四日間はお休みで、仕事はない。休みの初日が法要で、島田さんたちとの会食が最終日。中二日にはあれもしよう、これもしよう、と考えていたのだが、洗濯と片づけ以外は結局何もできなかった。

四月からずっと月光荘の仕事で人と接する日が続いた。イベントがない日も打ち合わせがはいっていることが多かった。

月光荘を借りる人たちのなかにはイベントに不慣れな人もいるし、そういう場合はこちらも不慣れではあるがなにか提案をしなければならない。イベントとなれば、不測の事態が起こることもしょっちゅうで、臨機応変な対応というやつが必要になる。

田辺やべんてんちゃんのように機転がきく人なら難なくこなすのだろうが、僕はそんなに器用ではない。新規のイベント企画への案出しはかなり時間をかけ、かつ全力で考えないとなにも出てこないし、終わったあとはほんとうにへとへとになる。

常連さんたちのイベントはそこまでのサポートは必要ないが、やはり不測の事態というのは起こるので、気を抜くことはできない。

数ヶ月間緊張した状態が続いて、こなしているあいだは、僕も成長してけっこうできるようになったな、などと思っていたのだが、休みとなったとたん電池が切れてしまったみたいだ。

とにかく、判断するということが一切できない。「浮草（うきくさ）」の安西（あんざい）さんからも「庭の宿・新井（あらい）」のリーフレットに関する打ち合わせをしたい、というメールが来ていたのだが、日程の希望を出すという単純なことすらできず、返信を出せずにいた。

もちろん出かける気力もない。本を読む気にさえなれない。ずっと眠くてたまらない。ただ家でごろごろと寝転がり、そのままうたたねしてしまう、という徹底的に情けない過ごし方になった。

これはまずい、もうこのまま二度と働けないのではないか、と心配にもなったが、島田さんとの会食がある休みの最終日の朝になったところで、ようやく起きあがる気力が湧いた。安西さんにも返信して、ここ数日たまっていたメールにも目を通した。

気がつくと、出かけなければいけない時間が迫っていた。もうだめかと思ったけど、人っていうのはちゃんと回復するんだな。そんなことを思いながら、身支度をした。

とんからりは狭山市の広瀬という場所にあり、電車の駅は近くにないようだった。お店のサイトを見ると、公共交通機関で行く場合は西武新宿線の狭山市駅からバスに乗れ、とある。

狭山市駅ということは、風間家の墓のある寺と同じ駅じゃないか、と気づいた。地図を見ると、どうやら寺からさらに進んで入間川を渡った先にあるらしい。川の対岸とはいえ、けっこう近い場所の話だったんだな、と思った。

ネットでバス乗り場や時刻表も調べ、余裕を持って家を出た。なにしろ僕のための祝いの席である。遅刻するわけにはいかない。電車を降りて、バス乗り場を探す。調べておいたバスに乗ることができ、ほっと一息ついた。

バスは入間川を渡り、住宅地の中を進んだ。入間川沿いということもあり、どことなく祖母の家があったという笠幡のあたりと似た地形で、きっとこのあたりも以前は田畑が続いていたんだろう。

バスを降り、地図にしたがって細い道を歩いていくと、生垣のある門が見えた。「とんからり」という小さな札がかかっている。門の向こうに古い家があった。

商家が立ち並ぶ川越の建物とはだいぶちがい、川島町の喜代さんの家の雰囲気に似ている。玄関は開け放されていて、なかにはいると広い土間だった。

土産物(みやげもの)が並べられた棚の奥にレジがあり、そのうしろに変わった形の柱があった。天然の木の形そのままなのだろう。上の方が少しくねっと曲がっている。土間の真ん中に立って店内を見渡していると、奥から男の人が出てきた。

「いらっしゃいませ。ご予約ですか」

「すみません、少し早く着いてしまったんですが、島田さんの名前で予約がはいっていると思います」

「ああ、島田さんですね。ご案内します」

予定の時間の十五分以上早かったので、ここで待つように言われるかと思ったが、店の人はにっこり微笑んでそう言った。

「こちらです」

レジのとなりに沓脱石(くつぬぎいし)があり、そこで靴を脱いで取次(とりつぎ)にあがる。靴をそろえようとすると、店の人に、そのままで大丈夫ですよ、と言われた。

店の人に案内され、部屋にはいった。島田さんも木谷先生もまだ来ていない。むかしの農家の雰囲気を大事にしているのだろう、華美な装飾はないが、掃き清められ、棚にも柱にも埃(ほこり)ひとつない。手入れが行き届いていて、落ち着く部屋だった。

畳に座って、店の人が出してくれたお茶を飲んでいると、どこからか音が聞こえてきた。

とんとん　からー　とんとん　からー

声ではなく、音だ。だが、これは家の出す音だ、とすぐに気づいた。

家は人の声以外の音を出すこともある。喜代さんの家は、蚕が出す波のような音がした。

「マスミ」

声がした。今度は音ではなく、言葉だった。人の声ではなく、家の声だ。

「マスミ？　マスミって、人の名前か？」

僕が訊くと、家の声はやんだ。とんとん、からー、という音もやんだ。

僕が話しかけたことで警戒したのだろうか。家と話せる人はそう多くない。むかしはどうだったのかわからないが、守章に関する話を聞いても、少なくとも戦前はみんながみんな家と話せたわけではなさそうだ。これまでの経験から、人から話しかけられたことのない家も多いのだと知っていた。

そのとき廊下から人の気配がした。障子に人影が映り、こちらです、という声が聞こえた。木谷先生と島田さんの話し声が続き、失礼します、という声のあと、障子が開いた。

「ごめん、待たせたね」

木谷先生が言った。

「いえ、僕が早く着きすぎたんです」

時計を見ると、時間ぴったりだった。


蕎麦懐石というのがどういうものかよくわかっていなかったのだが、机に置かれたお品書きを見て、ますますわからなくなった。聞いたことのない食材も多く、どんなものが出てくるのか予想もつかない。

木谷先生と島田さんに訊けばわかるのかもしれないが、ふたりは店の調度品のことなどをあれこれ話していて、なんとなく話しかけにくい。前知識なしに食べた方が驚きがあっていいのかもしれない、などと思いながら料理を待った。

はじめに出てきたのは、ざらざらした長方形の皿にきれいに盛りつけられた先付けで、調理法も凝っている。素材を知ってるか知らないかなんて関係がない。どの料理になにが使われているのかさっぱり見当がつかなかった。

新井の夕食にも先付けは出てきたが、素材を生かした新井の料理は、どんなものが使われているのか見ただけでなんとなくわかった。ここの料理はそうじゃない。お店の人がひととおり説明してくれたが、謎だらけだ。

まずは、緑とオレンジの小さなキューブのようなものに箸を伸ばした。緑の方を口に運ぶ。胡麻豆腐のような食感だが、独特の風味がある。食べたことのある味だ。なんだっけ、これ。小さいので、すぐになくなってしまい、正体を確かめられない。列車の窓から一瞬だけ見えて、通り過ぎてしまった風景のようだった。

「うわあ、おいしいね、これ」

木谷先生が目を丸くしている。僕と同じ緑のキューブを食べたみたいだ。

「なんだったんだろう、いまの。パプリカかな」

そう言われて、なるほどパプリカかもしれない、と思った。

「いや、ピーマンみたいだよ。沖縄のピーマンだって」

島田さんがお品書きを見て答えた。

「ああ、ピーマンの緑なのか」

木谷先生は納得したようにうなずいた。

「もうひとつのオレンジの方はなんだろう」

先生はそう言って、ぱくんとオレンジのキューブを食べた。

「こっちはカボチャか。すっきりして風味がある」

「お品書きは先に見ないで食べた方がいいね。驚きがある」

「島田は前に一回食べたんじゃないのか」

「いや、この前とはメニューが全然ちがうんだ。季節の素材を使ってるんだろうなあ」

その後の蒸し物も焼き物も天ぷらもどれもおいしかったが、蕎麦懐石をうたうだけあって、やはり最後の蕎麦の風味がすごかった。木谷先生も島田さんも、このときは話すのも忘れ、いっしんに蕎麦をすすっていた。


最後の水菓子は、店主自身が運んできてくれた。料理の感想を訊かれ、僕はただ、おいしかったです、としか言えなかったが、木谷先生や島田さんはひとつひとつの料理について流暢に語っていた。

とくに島田さんはかなりの蕎麦好きらしく、都内のあちこちの蕎麦屋をめぐっていたこともあったらしい。そんな島田さんもここの蕎麦にはかなり満足しているようだった。店主もうれしそうにうなずいていた。

「ところで、ちょっと訊きたいことがあるんですが」

話の最後に、島田さんが言った。

「料理とは違う話なんですが、この店の名前なんですが、なんで『とんからり』にしたんですか。実は彼がそのことを気にしていて」

島田さんがちらっと木谷先生の顔を見る。

「店名ですか。以前お話ししたように、前の家主から、ここの家は機織り(はたお)をしていたらしい、って聞いて……」

店主はそう答えながら、ちょっと不思議そうに木谷先生を見た。

「いえ、むかしこの家で機織りをしていたらしい、っていう話は聞いたんですよ。でも、それはずいぶん前のことで、もう織機もないですし、織物に関する資料が展示されているわけでもないので、ちょっと不思議に思って」

「ああ、そういうことですか。わたし自身がここで育ったわけでもないですし、ここに機があった、っていうことも、家の購入の相談をしていたとき前の家主からちらっと聞いただけだったんですが……。でも、そのときの話が妙に印象的だったんですよね」

店主は考え考え、そう言った。

「いろいろな相談がまとまったあと、家主がむかしのことを話してくれたんですよ。この家に住んでいた祖母が、よく『また機の音が聞こえてきたね』と言っていた、と。とんとん、からー、とんとん、からー、って」

その声を聞いて、どきっとした。店主の唱えた「とんとん、からー、とんとん、からー」という響きが、さっきこの部屋で聞こえた音とそっくりだったのだ。「とんとん」、から、「からー」に移るタイミングも、「からー」ののばし具合も、あの音を聞いた人としか思えなかった。

「おばあさんがそう言っていたのは、もうだいぶ歳になってからのことだったみたいで、機織りなんてもうしていなかったんですよ。だからまわりは、空耳っていうか、おばあさんがボケて変なことを言っているんだと思ってたらしいんですけどね」

おばあさんは若いころにその音を耳にしていたのかもしれない。それを思い出して、空耳として聞いていただけなのかもしれない。でも、もしかしたら、その人も喜代さんのように家の声が聞こえる人だったんじゃないか。

「でも、家主はそのおばあさんの『とんとん、からー』っていう声が好きだったそうで。歌うみたいな調子で、やさしい響きで、それを聞くとすごくなつかしい気持ちになるって。その話を聞いているうちに、わたしもその『とんとん、からー』が耳についちゃって」

店主が笑った。

「それで『とんからり』にしたんですか？」

木谷先生が訊いた。

「そうなんです。実はそれまでにいくつかお店の名前の候補は考えてたんですよ。でも、

『とんとん、からー』を聞いたら、全部吹っ飛んでしまって。『とんから』だと語呂が悪いから、『とんからり』にしたんです」

「なるほどねえ」

木谷先生もなんとなく納得したみたいだ。

「でもね、この名前にして、いろいろいいこともあったんですよ。わたし自身も狭山の出身ですけど、地元の歴史なんてほとんど知らなくて。むかしはこのあたりで織物が盛んだったらしくて。店の名前に興味を持ったお客さんからそういう話を聞いたんです」

「織物が盛んだった？」

木谷先生が訊く。

「そうなんですよ。大正時代ごろまではこのあたり一帯は織物の産地だったみたいなんです。『広瀬斜子』っていう名前まであったらしくて」

「広瀬斜子？」

島田さんも首をかしげた。

「当時は有名で、世界博覧会にも出品したものらしいんですが」

「それは初耳です」

島田さんが言った。

「大正時代に途切れてしまったものみたいですね。でも、その方が、『とんからり』っていうのは機織りの音でしょう、もしかして『広瀬斜子』に関係があるんですか、って訊いてきたんですよ」

店主が言った。

「そのことは全然知りませんでしたが、この家でむかし機織りをしてたって話は聞いた、機もあったけれど、もとの家主の父親の代に処分されたらしい、とお話ししたら、とても残念がっていました。なんでも、もうどこを探しても広瀬斜子を織っていた機は見つからないということで」

「そうなんですか」

「ええ、ひとつも残ってないみたいなんです。むかし織っていたという話が残っている家でも、機は残ってない。たいてい昭和期に処分されてしまったようで」

「完全に途絶えてしまったんですね」

木谷先生が言った。

「そうなんですよ、一時はかなりの数が織られていたみたいなんですが」

お客さんから話を聞いたあと、店主も広瀬斜子というのがどういうものなのか気になって、いろいろ調べてみたのだそうだ。

広瀬斜子はこのあたりで多く織られていた織物だが、取引は織物市場がある川越でおこなわれていたため、かつては「川越斜子」の名で知られていた。明治十年、当時の埼玉県令の白根多助が詠んだ「斜子おり広瀬の浪のあやなるを誰川越の名に流しけむ」という歌を引き、広瀬斜子という商標が生まれたらしい。

明治二十六年にはシカゴの世界博覧会に出品。「名誉賞」を受賞し、宮内省のご用品となった。明治末期には年間十万反以上の売り上げがあったようだが、大正期にはいり、機械織りの織物が登場すると、手機で織る斜子は衰退し、人々から忘れられてしまった、ということらしい。

「世界博覧会で賞を取るようなものでも、失われてしまうものなんですねえ」

木谷先生が言った。

「明治から大正、昭和というのは、どんどん世の中が変わっていく時期ですからね。いろんなものが生まれて、栄えて、消えていったんでしょう。そう思うと複雑な気持ちになります」

店主がうなずく。

「川越はもともとは織物の取引で栄えた町なんですよね。むかしは織物問屋がずらっと並んでたって話ですけど、いまそんなことを覚えている人はほとんどいない。川越斜子が広瀬斜子になったっていうのも、考えさせられるなあ」

　島田さんが天井を見あげた。

「川越は商人の町だけど、周辺には桑や養蚕の農家や、糸を作ったり、機織りしたりしてた人たちがいたってことだよね」

　木谷先生が言った。

「川越という町の成り立ちを考えるなら、ほんとは周辺のことまで含めて考えないといけないんだね」

　島田さんの言葉に、なるほど、と思う。僕も川島町や笠幡や霞ヶ関を訪れたことで、川越の周辺に広がる大きな世界のことを考えるようになっていた。

「わたし自身、この建物には思い入れがあるんです。独立して、自分の人生のいちばんの山場をここで過ごしましたから。だから、手放すのも辛いし、取り壊すというのも。せっかく代々この家に住んでいた方から譲っていただいたものですから、責任もありますし、なんとか次の代に引き継ぎたかったんですが」

　店主はさびしそうな顔になる。

「でも、このままの形で使い続けるのは危険なんだそうです。それで、家を取り壊して高齢者向けの介護施設を建てたいという方にお譲りすることになりました。正直、申し訳ない気持ちがまだあるんですが、庭の一部を生かしてくれるということで、それがいちばんかな、と」

「前の家主が取り壊そうとしていたものを買い取ってお店にしたわけで、家の命を二十年延ばし、最後のにぎわいをあたえたとも言えるんじゃないですか」

島田さんが言った。

「まあ、家がそう思ってくれてるといいな、って思うんですが。わたしがここに最初に来たとき、家が『まだ消えることはできない』って言ってるように感じたんです。なんでそんなことを思ったのか、よくわからないんですけどね」

店主が笑った。

「古いものを維持するのは大変なことだって、僕もよく知っています。僕も川越に古い家を一軒持っているんです」

島田さんが言った。

「川越に？」

「ええ。月光荘と言って、ここほど古くはないですが、昭和期の建物です。そこを改築してイベントスペースにして、市民の学びの場にできれば、と思って。彼はそこの管理人をしてるんです」

島田さんが僕を指した。

「へえ。そんな場所があるんですか」

店主が僕を見た。

「彼は大学で文学を教えてるんですよ。月光荘でも何度か講演をしてもらっていて」

島田さんが木谷先生の方を見る。

「ええっ、大学の先生だったんですか。実はわたしも、川越の蔵造りの町並みについては興味を持っていまして、前に川越で開かれた講演会には行ったことがあるんです。広瀬斜子のことも気になりますし、お客さんからほかにもいろんな話を聞くでしょう、そうすると土地のことにもだんだん興味が芽生えてくる」

店主はそこで息をついた。

「この店を閉じたら、いろいろ学びたいな、と思ってるんです。そのうち、そちらの講演にもうかがいたいですね」

そう言って、にっこり笑った。

食事を終えたあと、木谷先生と島田さんは席を立った。手洗いに行くついでに会計をすませてくると言う。僕はひとり部屋に残った。

だれもいなくなると、またあの「とんとん、からー」という音が聞こえてきた。

とんとん　からー　とんとん　からー

その音を聞くうちに、さっきの「マスミ」という声を思い出した。

「あの」

僕は家に向かって語りかけてみた。

「さっき、マスミ、って言いましたよね」

家はなにも答えない。

人見知りなのか。それとも、人と話すことに慣れていないのか。

だが、さっきの声を思い出してみると、さびしそうというか、切なそうというか、とにかくなんだか悲しい声だったような気がして、ちょっと心配になる。

店主が言っていた、家が「まだ消えることはできない」と言っているように見えた、という言葉も気になっていた。もしかしたら、店主は家の気持ちを感じ取っていたのかもしれない。はっきりと声を聞くことができなくても、そういうこともあるのかもしれない、と思う。

その「まだ消えることはできない」という思いは、この二十年でまっとうすることができたのか。さっきの声を思い出すと、どうもそうは思えない気がした。

4

数日後、新井のリーフレットの相談で、浮草の安西さん、豊島さんといっしょに新井を訪ねた。回を重ねるうちに、リーフレットの体裁もだんだん整ってきたし、内容の組み立て方や作業の段取りにも慣れてきた。

新井の主人である美里さんの話では、秋にはまた新井で着物関係のイベントがあるそうで、次号は「川越織物研究会」会長の武藤由香里さんにも着物にまつわるインタビューをお願いしているらしい。そのインタビューを豊島さんと僕でまとめてくれないか、というのだった。

「着物関係のイベントというのは？」

僕は美里さんに訊いた。

「今回は繭玉飾りを作るみたいなワークショップがあるわけじゃなくて、単に着物好きの人たちが集まってランチをしたり、羽織紐とか、帯留め、帯締めとかの小物を作ってる人たちがやってきて、ちょっとした即売会をするだけなんですけど」

羽織紐、帯留め、帯締め。着物関係の小物だということはなんとなくわかるが、どんな形のものかさっぱりわからず戸惑っていると、美里さんがタブレットでいくつか写真を見せてくれた。

「これが帯留めで、これが羽織紐。こっちは……」

画像が次々にあらわれる。羽織紐というのは、羽織の前を留めるためのものだが、単なる紐ではなく、きれいな石がついたアクセサリーのようなものだ。帯留めは漆(うるし)やガラスや天然石など素材はいろいろだが、やはりきれいに細工されたブローチみたいなものだ。

「着物好きな人は、こういうところに凝るんですね」

画像を見ながら豊島さんが言った。

「これとか、すごくかわいいよね」

安西さんが画面を指す。そこには漆で作られたという動物の形の帯留めがいくつか写っていて、安西さんはとくに鳥の形の帯留めが気に入ったらしかった。

「美里さんの今日の帯留めも素敵ですね。それ、陶器ですか？」

安西さんが訊いた。見ると、美里さんの帯には細かい模様の入ったタイルのようなものがついていた。

「そうなの。きれいでしょう？」

美里さんがうれしそうに言う。

「お客さま相手だから着物や帯は落ち着いたものじゃないといけないけど、帯留めみたいな小さなものくらいは遊んでもいいかな、って。だから、けっこう変わった形のもたくさん持ってるんですよ。この作家さんの帯留めもいくつか……」

美里さんが写真を見ながら言った。ハリネズミやアザラシ、ペンギンなど丸っこくてかわいい動物の細工が並んでいた。

「着物をあつらえるとなると大ごとでしょう？　でも小物だったら遊び感覚でこういうイベントで買えるから。あとはお茶のとき用の帛紗（ふくさ）や懐紙（かいし）入れなんかも出るんですよ」

「楽しそうですねえ」

安西さんがうらやましそうな顔になる。

「そういう小物を集めていくと、着物通（つう）、って感じになりますよね。まあ、わたしたちはまず着物を買うところからはじめないとだけど」

豊島さんが笑った。

新井のリーフレットは、A4サイズの紙を三つ折りにしたものだ。その号はイベントの告知のため、由香里さんのインタビューと即売会に出店する人たちの紹介がメインになる。

折ったとき前に出るところが表紙、裏側を裏表紙として、裏表紙にイベントの概要を入れ、内側になる三面を使って、由香里さんのインタビューと出店者紹介を入れることにした。一面がインタビュー、あとの二面が出店者紹介だ。

ただ、新井のリーフレットは活版印刷なので、写真は載せないことになっている。写真を印刷できないわけではないが、単色なのであまり映えない。線画の方がわかりやすいということで、いつも安西さんがイラストを描いている。

由香里さんのインタビューについては、豊島さんと相談してだいたいの内容や流れを決めた。イベントに来るような人はみな着物にくわしいだろうが、新井のお客さま全員がくわしいわけではない。そういう人でも楽しめるように、あまり専門的な用語は使わないことにした。

「着物って着方がわからないとか、ルールがむずかしそう、っていうイメージばっかり先行してるでしょ。でも、浴衣と同じくらいカジュアルな感覚で着られる着物もあるんですよ。もっと気軽に着てもらうのが第一だから、って由香里さんも言ってました」

美里さんが言った。

「そうですね、さっき見せていただいたアクセサリーは、洋服でも使えそうなものが多かったですし、着物好き以外の人も楽しめそうですよね」

「そうそう。ブローチを帯留めにする人もいるし、逆もありなんですよね。洋風のアクセサリーにはないかわいさや手作り感のあるものも多いから、好きな人はいると思います」

美里さんがうなずく。

「じゃあ、そのあたりも解説文に盛りこんでみます」

豊島さんが手帳にメモしながらそう言った。


仕事の分担やスケジュール、由香里さんへのインタビューの日程などを決め、ミーティングがだいたい終わったところで、僕はとんからりで聞いた広瀬斜子という織物のことを訊いてみることにした。美里さんなら知っているかもしれないと思ったのだ。

「すみません、美里さん。今回のリーフレットとは関係ないんですが、美里さんは『広瀬斜子』という織物のことを知ってますか？」

僕は訊いた。

「広瀬斜子？　ああ、狭山の広瀬あたりで作っていた、っていう反物のことですよね。聞いたことはありますよ。でも、どうして？」

「実は、先日島田さんと木谷先生に連れられて、広瀬にある蕎麦懐石のお店に行きまして。そこで広瀬斜子の話を聞いたんです。大正時代の建物を改築した店で、その家ではむかし広瀬斜子を織っていたらしい、って」

僕はとんからりのことをかいつまんで説明した。

「そんな店があるんですね。ちょっと行ってみたい気がする。広瀬斜子はね、『川越織物研究会』にくわしい人がいるんです。深沢さんという五十代半ばの女性で、繭玉飾りのイベントのときにも手伝いに来てくれてたんだけど」

美里さんが答える。

「わたしは連絡先を知らないけど、由香里さんに訊けばわかると思う。それに、今度のイベントのときにも手伝いに来てくれると思うから、広瀬斜子のことを知りたいなら、そのときに訊いてみたら？」

「そうですね、そうします」

僕はうなずいた。

美里さんが由香里さんにあらかじめ連絡してくれていたようで、由香里さんのインタビューの日に、深沢さんもいっしょに新井にやってきた。落ち着いた雰囲気の人で、川越氷川神社の先の北公民館で働いていると言っていた。

このあと新井でイベントの打ち合わせもすることになっているらしい。美里さんが広瀬斜子に興味を持っている人がいると伝えたところ、イベント当日はあわただしくてあまり話せないかもしれないから、と言って、来てくれたのだ。

　イベントに関するインタビューが終わったあと、さっそく広瀬斜子の話になった。

「美里さんからも少し話をうかがったんですが、そもそも広瀬斜子がどんな織物なのか、いまひとつよくわからなくて。広瀬が地名なのはわかりますが、斜子というのはなんなんでしょう」

　僕は訊いた。

「斜子織りっていうのは織り方の一種なんだけど、ふつうは知らないですよね」

　由香里さんが笑って、織物の種類について教えてくれた。

　織物というのは、経糸（たていと）と緯糸（よこいと）を組み合わせて作る。もっとも基本的な織り方は平（ひら）織りと言う。経糸と緯糸を一本ずつ交互に交差させる織り方だ。斜子織りはこれを変形させたもので、二本または三、四本の糸を合わせて交差させる。

　一本ずつ交差させるより糸の幅が広がるので、平織りにくらべて織り目がはっきりわかる。織り目が籠（かご）のように見えるのでバスケット織りとも呼ばれるのだそうだ。太い糸を織るのと似て、平織りより糸と糸の隙間が大きくなるため、通気性がある。

「この前の白木（しらき）先生の話にもありましたが、当時このあたりは織物がさかんなところだったんですよ」

由香里さんに言われ、白木先生の話を思い出した。

「斜子ももとは広瀬だけじゃなくて、このあたり一帯で織られていたみたいですね。飯能(はんのう)の方でもたくさん織られていた。みんな入間川沿いだったそうです」

深沢さんが言った。斜子は、織る前に生糸(きいと)を練る。井戸水にワラ灰を入れたものに入れて二、三時間煮立てるのだそうで、これを練り糸という。練り糸のあとは川の水で洗う。そうすると糸がやわらかく、真っ白に仕上がるらしい。

「糸をすすぐのに、入間川の水が向いていたんだそうです。と言っても、入間川本流の水を使うわけじゃないんです。このあたりでは水田用に入間川から用水を引いていたんだそうで、その水を使っていたみたいですね。きれいな水で、流れも速くて、洗うのに適していたらしくて」

深沢さんは「埼玉民俗の会」という団体が出していた「埼玉民俗」という雑誌で広瀬斜子の当時の様子を学んだらしい。

昭和五十二年に出た「埼玉民俗」第七号によると、この地方の絹織物は、一七〇五年、秋元喬知(あきもとたかとも)が甲斐国(かいのくに)から川越藩に移ってきた際、織物職人を連れてきたところからはじまり、その後次第に周辺地域に広がった、とされている。はじめは川越平(かわごえひら)と呼ばれる平織りだったのが、その後斜子織りも盛んになっていった。

副業として、自分のところで蚕を育てて糸を引き、農作業のないときに家のものが織る農家もあったが、斜子の生産が盛んになると、斜子専業の家も増えた。専業の家では糸を他所から買い、工女を雇い、年間通じて機織りをする。だから景気によっては厳しくなることもあった。

専門の家には、工女が十数人いた。嫁入り前の若い工女も多かったらしい。みな泊まりこみで、仕事は朝の五時から夜十時すぎまで。暗くなればランプを灯して、機織りを続けた。

斜子は一疋、つまり二反を単位に売られた。一疋で、着物と羽織を作って少し余りが出たと言う。ふつうは一疋を織るのに二日か三日かかるが、腕のいい工女なら一日半や二日で織ることができた。予定より早く織りあげれば、あとは遊んでいていい、という工場もあったのだそうだ。

広瀬斜子は「白ななこ」と呼ばれ、白地で売られた。だから織る際に、汚れにはじゅうぶん気をつけなければいけなかった。

また手機なので、織る人によって質が違った。糸の張り具合がゆるいと良いものができない。おとなしい人より気性の激しい人の方が糸を強く引っ張り、しっかりした生地を織った。問屋が織り手を指定して買うほどで、腕が良ければ気性が荒くても大事にされたのだという。

白地で売られた斜子は、行った先で染められ、男物の羽織や袴に仕立てられた。女物の帯にもなった。張りのある生地で耐久性が高かった、とか、光沢があって、ふっくらとしなやかな布だったなどという話が残っているらしい。

「現物は残ってないんですか？」

豊島さんが訊く。

「あまりないみたいですね。男物の羽織が展示されているのは見ましたが、女物の帯は話には残っているだけで、現物は見たことがありません」

「公家や武家が着ていた工芸品のような着物ならともかく、一般の人が着ていた着物はなかなか残りませんからね。織物は消えてしまったものも多いんですよ。作り手がいなくなれば技術も途絶えてしまいますから」

由香里さんが言った。

「最近は広瀬斜子の復元を目指す動きもあるみたいなんです。ただ、広瀬斜子については、使われていた機もほとんど残っていないらしくて」

深沢さんが言った。

「広瀬のお店で、僕も聞きました。昭和期に処分されてしまったって」

「ええ、そうなんです。でも、狭山市立博物館の収蔵庫に一台それらしい機が見つかったらしくて。使い方もわからないし、広瀬斜子を織っていたものなのかもはっきりしないんですが、ともかく当時の機であることはまちがいないので、それを使えば再現できるんじゃないかということで、有志の方がいろいろ研究しているみたいです」

深沢さんによれば、機の使い方を調べるだけでなく、糸のとり方、練り糸の仕方など、むかしおこなわれた聞き取り調査の証言などをもとに、同じ作り方で広瀬斜子の復元を試みている人たちがいるのだそうだ。

「織物は川越の問屋と取引してたのよね。川越鉄道を使ってたってことかな」

由香里さんが言った。

「川越鉄道って、いまのＪＲ川越線ですか？」

僕は訊いた。

「ううん。当時の川越鉄道は西武線に引き継がれたのよね。国分寺から川越につながっていて、国分寺、小川、東村山、所沢、入曽、入間川、南大塚、川越、って停まる路線。この川越は、いまの西武新宿線の本川越のこと」

由香里さんが答える。

「ああ、国分寺から東村山に向かう短い路線がありますよね。西武国分寺線でしたっけ」

豊島さんが言った。

「よく知ってますね」

由香里さんが豊島さんを見る。

「祖父が国分寺あたりに住んでたんです。それで遊園地に行くときに何度か乗ったことがあって。短い路線だし、なんだか不思議だなあ、って思って覚えてました」

「あのあたりの西武線の路線はよくわからないわよねえ。ともかく、当時の入間川沿いには織物作りに携わる農家がたくさんあったみたい。繭玉飾りのイベントのとき、白木先生が浅間神社の話をしてたけど、広瀬にも広瀬浅間神社があって、富士講にも関係してたって聞いた」

由香里さんの言葉で、笠幡の浅間神社を思い出した。ゆきくんと再会した日、むかし祖母と行ったあの小山にのぼり、まわりに広がる田畑を見た。あのときの風景が頭に浮かぶ。広瀬浅間神社も、ああいう場所なのだろうか。

「繭玉飾りのイベントのときのお話、勉強になりました」

豊島さんが言った。

「白木先生のお話、すごく好評だったのよね。来年もまた繭玉飾りのイベントをすることになってるから、またお願いしてみようかな。いっしょに広瀬斜子の話もできたらいいですよね」

由香里さんが深沢さんを見る。

「そうですね。まだまだわからないことも多いですが、みなさんに知ってもらうのがいちばんですし」

深沢さんがうなずいた。

「そういえば、深沢さんはなぜそこまで広瀬斜子にくわしいんですか？　なにか縁があるとか？」

豊島さんが訊いた。

「縁があるというかなんというか。もしかしたらあるのかもしれない、っていう、微妙なところなんですけど」

深沢さんが少し迷いながら答えた。

「深沢さんの家の蔵から、織物をしている女性の古い写真が見つかったのよね」

由香里さんが深沢さんの方を見ながら言った。

「古い写真？」

豊島さんが訊いた。

「ええ、そうなんです。もう六、七年前の話なんですが、わたしの実家の敷地にある古い蔵のなかを整理していたときに出てきたものなんです。蔵の一部が崩れかかってきていて、危険だから取り壊すってことになって」

「ご実家も川越なんですか」

「はい。曽祖父の代にこちらに移ってきたみたいで。当時は氷川神社の近くで小間物屋を営んでいたみたいです」

深沢さんが言った。

「修理には莫大な費用がかかりますし、なかのものも数十年放ったらかしになっているものばかりでしたから、この際片づけようということになって。子どものころその蔵で遊んだこともありましたし、なかになにがあるか興味もあって、片づけの手伝いに行くことにしたんですよ。ほとんどはガラクタだったんですが、なかにはいくつかめずらしいものもあったりで」

「写真はそこで見つけたんですか」

「そうなんです。アルバムのあいだに一枚だけはさまっていたんです。その写真だけアルバムに貼られていなかったんで、たまたま片づけているときに落ちてきて気づいたんです。見たら、古いモノクロの写真に機織りしている女性が写っていて」

「古いって、いつぐらいの写真なんでしょう？」

「裏に大正五年って書いてありました。撮影された日付だと思います」

「それはかなり古いですね。当時は写真自体めずらしかったんじゃないですか？」

豊島さんが言った。

「そうですよね、ふつうの人はカメラなんて持っていなかったと思います。うちに残っているアルバムを見ても、写真館で撮られた記念写真くらいしかなかったかと」

由香里さんが言った。

「でも、その写真は家で撮られたものだったんです。家の土間のようなところで若い女性が機織りをしていて」

「じゃあ、家に写真屋を呼んだってことなのかな。なにか目的があったのかもしれないですね」

由香里さんが言った。

「そうですねえ。でもともかく、写っているのがだれなのかすらよくわからなくて」

「古い写真だとそういうこともありますよね。うちの祖父が亡くなって、家に残っていたアルバムを片づけていたときも、むかしのものは写ってるのがだれかほとんどわかりませんでした。祖母もすでに亡くなっていて、父も祖父の若いころのつきあいまで把握してませんでしたし」

豊島さんが言った。

「アルバムを見てたら、諸行無常だなあって思いました。記憶は人の頭のなかにあるものだから、むかしはその人が死んだら消えてたんですよね。写真が発明されてからは記憶が形として残るようになった。でも撮った人がいなくなると、たいていの写真は意味を失ってしまうんだな、って」

「そうね。いまはみんなスマホでたくさん写真撮るけど、ときどき、この写真、自分が死んだあとどうなるんだろう、って思う」

由香里さんが笑った。

「どこのだれかはわからなかったんですけど、わたしとしてはすごく興奮したんですよ。ちょうど着物の楽しさに目覚めたばかりのころだったので」

深沢さんが言った。

「わたしが着物に興味を持ったのは四十代になってからのことだったんです。親も全然着ないですし、成人式のときに振袖は買ってもらいましたが、それっきり縁がなかった。たまたま友だちに誘われて由香里さんのお店で開かれていたアンティーク着物市に行って、試しに一枚羽織ったら、引きこまれてしまって」

「紬の着物でしたよね。若草色と茶色の格子模様の」

由香里さんが言った。

「そうです。色合わせにすごく惹かれて、その場で買ってしまったんですよ」

「ええっ、着物って高いんじゃないんですか」

豊島さんが目を見開く。

「いいえ、アンティーク着物、つまりリユース品なので、そこまでのお値段じゃなかったんです。帯と合わせても洋服のワンピースくらい。しかもサイズもぴったりで、これは運命の出会いだって思って」

「リユース品は価格は安くても、質が劣るわけではないんですよ。むかしのものの方が種類もいろいろあったりして、傷みのないものならお得なんです。ただサイズが合うかどうかが問題で」

由香里さんが言った。

「え、着物ってサイズがあるんですか？」

豊島さんが訊いた。

「ありますよ。洋服と違って、幅や丈は若干調整が効くんですが、サイズが合った着物なら調整がいらない分、着やすいし、見た目もいいんです。あのときの紬は、あつらえたみたいに深沢さんにぴったりで。あの着物、いまでもよくお召しになってますよね」

　由香里さんが言った。

「ええ。その一枚からはまって、由香里さんの研究会にもはいって、講演を聞いたりしているうちにどんどん着物が好きになって。そんなときにこの写真を見つけて、もしかしたら、自分の血筋にも織物に関係している人がいたのかも、って、ロマンを感じちゃって」

　深沢さんが恥ずかしそうに笑った。

「それで、親類にいろいろ訊いてまわったんです。わたしの祖父母はもうずいぶん前に亡くなっていますが、そのころはまだ大叔母（おおおば）が生きていたんですね。祖父の妹にあたる人です。末っ子で、長男だった祖父とは十以上離れていた。その大叔母が、その写真は若いころの自分の母親なんじゃないか、って言ったんです」

「つまり、深沢さんのひいおばあさん……？」

　豊島さんが訊いた。

「はい。大叔母の話によると、曽祖母の実家は広瀬にあって、嫁入り前は実家で機織りをしていた、って聞いたことがあったんだそうです。ただ、大叔母もその写真を見るのははじめてで、母に似ている気はするけど、横顔だし、若いころの母親の写真は見たことがないから、はっきりは言えない、って。祖父との歳の差を考えると、大叔母は曽祖母が四十歳近くになってからの子ですから無理もないかと」

「そうですね、四十歳近くになってから生まれたとなると、記憶にあるのは四十代半ば以降ですよね」

「そうなんです。それに、曽祖母が身体を壊したこともあって、大叔母は子ども時分に外に預けられていたこともあったみたいで。祖父だったらもっとはっきり見分けられたんじゃないかと思いますが。曽祖母のほかの写真も残っていないので、確かめようがなくて」

「ほかに親類の方はいらっしゃらないんですか」

豊島さんが言った。

「その、ひいおばあさんのご実家のほうの家系の方とか」

「それが、戦争もありましたし、そちらの家系の方とは連絡が途絶えてしまっていて。いまどこでどうしているかわからないんです。広瀬の家がどこにあったのかももうだれもわからなくなってしまっていて」

僕も遠野の家のむかしのことなどなにも知らない。祖父は知っていたのだろうし、伯父たちもある程度は知っているのかもしれないが、僕自身はちゃんと聞いたことがなかった。風間の家は一族の結束が強いので、法要の席でも話をいろいろ聞いたが、守章以前のことになるとくわしいことはよくわからないみたいだ。

「そんなわけで、曽祖母が機織りをしていたことはたしかだけれども、この写真が曽祖母かはわからない、曽祖母が織っていたのが広瀬斜子なのかもよくわからない、っていう状態なんです」

「その写真、むかしの機が写ってるんですよね。ちょっと見てみたいですねえ」

由香里さんが言った。

「いままでお見せしたことがなかったな、と思って、今日は持ってきたんです」

深沢さんがそう言ってカバンから書類入れを取り出し、なかを開いた。

「これなんです」

書類入れのなかには古いモノクロの写真がはいっていた。古い写真だが意外に鮮明だ。当時のカメラの性能を考えると、小型カメラではなく、記念写真用の大きなカメラを持ってきて撮ったものかもしれない。

「へええ」

由香里さんが目を凝らし、写真をじっと見た。着物を着た若い女性が大きな機を動かしている。

「高機(たかばた)ですね」

写真を見ながら、由香里さんが言った。

「高機？」

豊島さんが訊く。

「手機の一種です。地方の紬織りだと地面に座って織る地機(じばた)を使うこともあるんですが、これは椅子に座って織る高機です。機台(はただい)も長いので、絹用だと思います」

由香里さんが言った。

機が置かれているのは土間のような場所で、奥には障子と太い柱が写っていた。それを見て、はっとした。

この柱、見たことがある……。

天然の木の形をそのまま用いているのだろう、柱が途中で少し曲がっている。その形に見覚えがある気がした。

とんからりの土間の柱……。

いまは店になっているから、部屋の造りや調度品は変わってしまっている。だが、正面のいちばん太い柱は形に特徴があって、この写真の柱とよく似ていた。

これはとんからりなんじゃないか。

心臓が早鐘を打つ。

――マスミ。

あのとき聞こえた家の声を思い出し、もしかしたら、それが深沢さんのひいおばあさんの名前なのではないか、と思った。

「あの、すみません」

僕は思い切って深沢さんに声をかけた。

「そのひいおばあさんは、なんというお名前だったんですか」

僕の質問に、深沢さんは一瞬きょとんとした顔になった。

「マスミです」

「マスミ……」

呆然(ぼうぜん)となった。

間違いない。とんからりの建物が呼んでいたのは、深沢さんのひいおばあさんだ。

「でも、どうしてですか？」

深沢さんが不思議そうにこちらを見る。

「いえ、とくに深い意味はないんです。いつか新井のリーフレットでこのお話を書くことがあるかもしれませんし、そのときにお名前がわかっていた方がいいかな、って」

「ああ、なるほど、そういうことですか。カタカナで『マス』と書いて、ミだけ、美しいという字を書いていたみたいです。それがほんとうの字なのかよくわからないですけど」

深沢さんが言った。

「あと、資料としてその写真のコピーをいただいてもいいですか」

「え、ええ。かまいません」

深沢さんがうなずく。

「わたしも一枚もらってもいい？　機をもう少しよく見てみたいし」

由香里さんも言った。

5

新井のコピー機で写真をコピーしてもらい、由香里さんと一枚ずつ受け取った。深沢さんと由香里さんにとんからりの柱のことを話したい気持ちにかられたが、かなり迷った末、そのときは話すのをやめた。

とんからりの土間の柱の形は僕の記憶のなかにしかない。似ていると思ったけれど記憶違いで、実際に見てみたら全然ちがったなんてこともあり得る。深沢さんたちがとんからりに行ってそんなことになったら気まずい、というのもあったが、それよりも家がどんな気持ちなのかちゃんと知っておきたかったのだ。

建物の声が聞こえる人はほとんどいない。僕が出会ったのは喜代さんだけ。僕の曽祖父の風間守章も家の声を聞ける人だったようで、それを合わせても三人。

ただ、とんからりの店主の話を聞いていると、あの家のもとの持ち主の祖母は声を聞いていたようにも思える。二軒家(にけんや)のときも、変な声がする、という噂(うわさ)があったくらいだから、過去にだれかほんとうに声を聞ける人がいたんじゃないかと思う。

この前の木谷先生のこともある。木谷先生は声を聞くことはできない。だが、なにかの気配は感じ取っている。これまでも何度か似たようなことを言っていた人がいて、声が聞こえないまでも、気配を感じる人はある程度いるのかもしれない、と思う。

これまでいろいろな家を訪れたなかで、家の気配を怖いと感じたこともある。月光荘に住む前はとくに。なにを言っているのかわからないが、漠然としたいやな気配が漂っていて、いるのが辛くなったこともあった。

月光荘とよく話すようになって、家の声を聞き取る力が高まったような気がする。それで、「漠然としたいやな気配」を感じることは少なくなった。悲しみだったり、さびしさだったり、怒りだったり、家の気持ちのようなものがもう少し細かくわかるようになったのだ。人のそれと同じで、相手の思いの正体がわからないと恐怖を感じるが、少しわかれば怖くはなくなる。

あのときのとんからりの思いの正体はよくわからなかった。悲しみのような、さびしさのような。切実なものは感じたけれど、悪いものではない気はした。少なくとも、恨みや憎しみのようなものではないと思う。でも、とんからりが途中で黙ってしまったので、ほんとうのところはよくわからない。

深沢さんが家の気持ちを感じ取れる人かどうかはわからないけれど、そういう気質がない、とは言い切れない。とんからりが悪い感情を持っていた場合、それを感じ取ってしまうことも考えられる。だからとんからりの思いの正体を事前に確かめておきたかったのだ。

だが、急がなければならない。あのとき、とんからりは九月末で閉店になると聞いた。そのあとは取り壊されてしまう。閉店より前に深沢さんに伝えなければならない。少しでも早くもう一度とんからりに行って柱の写真を撮り、とんからりと話をしたい、と思った。

とんからりのサイトを見るとランチ営業もあって、ランチならそこまで高くないこともわかった。翌日は夕方から打ち合わせがはいっているが、それまでは空いている。それでひとりでランチタイムにとんからりに行ってみることにした。

午前中に月光荘を出て、電車とバスを乗り継いでとんからりに向かった。

店の入口には九月末閉店であることが記された貼り紙があった。店内にはいると、例の土間に置かれた椅子に何人か先客が座っている。予約がないとはいれないのかもしれない、と思ったが、まずは土間の柱を確認することにした。

深沢さんからもらった写真のコピーを取り出し、レジの奥にある柱と見くらべる。

同じだ。

店にするために壁はきれいに塗り替えられ、柱自体も当時よりしっかり磨きあげられているので様子はかなりちがって見えるが、形はまちがいなく同じだった。天然の木の形だし、同じものがほかにあるわけがない。

「あれ、この前、島田さんといっしょにいらした方ですね」

声がして顔をあげると、店主が前に立っていた。

「今日も島田さんと？」

「いえ、今日はひとりで来たんです。この前のお蕎麦がおいしかったですし、もうすぐ閉店されると聞いていたので」

「そうですか、ありがとうございます。ところでそれは？」

店主が僕の持っている紙を見る。

「これは……。実は、先日知人からもらったもので、大正時代の写真なんです」

「大正時代の写真？」

「その方のご実家の蔵に残されていたものだそうで、ここに写っている柱が、このお店の柱とすごく似ていると思って。今日はそれを確認したい、というのもあったんです」

「え、あの柱と？」

店主が驚いたような顔になった。

「ちょっと見せてもらえますか？」

「はい」

うなずいて、コピーを差し出した。

「ええっ、ほんとだ。まったく同じ形ですね」

店主はコピーと柱を何度か見くらべながらそう言った。

「これはまちがいなくこの建物ですよ。いまは改築していろいろ変わってますが、わたしが買い取ったときはここはこんなふうに障子でした」

写真の障子の部分を指して言う。

「すごいですね。ここでほんとに機織りがおこなわれてたんだ。話には聞いていたけど、へえ、機って大きなものなんですね」

店主はしげしげと写真をながめる。

「家主はこんな古い写真は持っていなかった。ここに機があったという貴重な証拠です。

どなたが持っていたんですか？　この家に関係のある人なんでしょうか」

「それがなにぶんむかしのものなのではっきりしないようなんですが、写真を持ってきた方のひいおばあさんの若いころの写真なんじゃないか、という話で」

「そうなんですか……」

店主は少し考えたような顔になる。

「写真を見たとき似ていると思ったんですが、自信が持てなくて。柱の写真を撮らせてもらってもいいでしょうか。その人に送りたいんです」

「ええ、ええ、もちろんかまいません。その方にもぜひお会いしたいです」

「その方も蔵で写真を偶然発見するまではひいおばあさんが機織りをしていたことを知らなかったみたいで。でも、着物に関心を持っている方なので、この写真はとても大事にされていて。ここのことをお伝えすれば、喜んで来てくれると思います」

「それはうれしいですねえ」

店主が微笑む。僕はできるだけあの古い写真と似た角度になるようにカメラを構え、写真を撮った。

「そうそう、蕎麦もぜひ食べていってください。ご案内させますから」

店主はそう言って、レジにいる人に声をかけた。

部屋に案内してくれた店の人によると、閉店の知らせを出してから、平日も休日も関係なく、ランチ、ディナーともほぼ満席の日が続いているらしい。今日はたまたま一組キャンセルが出たようで、僕はその空いた部屋に案内された。

この前木谷先生や島田さんとはいった部屋と場所も形もちがうが大きさはほぼ同じだった。ひとりだったので、頼りなさもあって前回より広く感じる。申し訳ないような気持ちになり、少し高いがランチ懐石を注文することにした。

注文を終え、店の人がいなくなったところで、家に話しかける。

「こんにちは。また来たよ」

そう言ってみると、しばらくして、例の「とんとん、からー」という音が聞こえてきた。

「いい音だね。機織りの音なんだろう？」

僕がそう言うと、とんとん、からーの音が、すっとやんだ。

「チガウ。マスミノ、オト」

機の音の代わりに、声が聞こえた。

「マスミは人の名前でしょう？　この人？」

僕はカバンから写真のコピーを出し、机に置いた。

「マスミ」

声がした。

「マスミダ」

家はもう一度言った。

「そう、やっぱり。この人がマスミさんなんだね」

僕は訊いた。家はなにも言わないが、たぶんそうなのだろうと思った。

「この人がマスミさん。で、機織りっていうのは、この機械を使って、布を織ること。マスミさんもそうやって布を織っていたんだよね？」

僕は言った。

「ハタオリ。ミンナ、スル。デモ、オト、チガウ」

家が言った。機織りをしていた人はマスミさん以外にもいて、人によって織るときの音がちがった、ということか。

「マスミノ、オト、イイオト」

家が言う。

「そうか、マスミさんが機織りするときの音が好きだったんだね」

「スキ……。ソウ。スキ」

家の声が少しあかるくなる。

「デモ、イナクナッタ」

ややあって、家が言った。

「いなくなった？」

「キレイナ、フク、キテタ」

ああ、お嫁に行ったときの話なんだな、と思った。むかしのことだから、まだいまのような結婚式場はなかったんだ。たぶん家で花嫁衣装に着替えて、嫁ぎ先に向かった。

「マスミさんとは、話をしたの？」

「ハナシ？」

「僕みたいにさ」

「シナイ」

「そうなの？　じゃあ、人と話すのは、僕がはじめて？」

「マエニモ、イタ。マスミジャ、ナイ」

前の家主の祖母のことだろうか。でも、どう訊いたらいいかわからない。

「マスミ、イナクナッタ」

家が言った。

「ハタ、ナクナッタ」

家が続けてそう言った。泣きそうな声だった。

家は泣くことがあるんだろうか。

どうやって泣くんだろうか。涙は見えないけど、いまも泣いているんだろうか。

そんなことを考えながら、僕の方が泣きそうになる。

「マスミさんがいなくなって、さびしかったのか」

「サビシイ?」

家が訊いてくる。月光荘と同じで、知らない言葉もたくさんあるのだろう。

「マスミさんがここにいてほしいって思ったってこと」

「ココニ、イテホシイ。ソウ、ココニイテ、ハタオリシテ……」

とんとん、からーという音が何度も響く。

とんとん、からー、とんとん、からー。

その音があまりにも悲しく響き、胸が詰まった。

「あのね、マスミさんは、お嫁に行ったんだよ」

「オヨメ?」

「ほかの家に行って、子どもを産んで」

そこまで言って言葉に詰まる。結婚して、子どもを産んで、育てて、そうして歳を取って亡くなった。

「オヨメ、マエニモ、キイタ」

たぶん家主の祖母のことだろう。マスミのことを訊かれて、そう答えたのではないか。だが、嫁に行く、ということの意味まではわかっていないのかもしれない。

「コドモ、シッテル」

家が言った。

「マスミ、コドモダッタ。オオキクナッタ。ヒト、ミンナ、ソウ」

「そうなんだ。人はみんな成長するんだよ」

「マスミ、コドモ、ウンダ。シッテル。ココニ、キタ」

マスミさんが子どもを連れて里帰りしたこともあったのだろう。マスミさんは深沢さんの曽祖母という話だった。つまり深沢さんのおじいさんを産んだということだ。末の大叔母さんはおじいさんとずいぶん年が離れていたという話だったし、ほかにも子どもがたくさんいたのかもしれない。

むかしは嫁に行くとなれば、嫁ぎ先にはいるということ。いまのように気軽に里帰りができたわけでもないのだろう。

「マスミ、アイタイ」

家はそう言った。

――わたしがここに最初に来たとき、家が『まだ消えることはできない』って言ってるように見えたんです。

店主の言葉を思い出し、この家は、マスミさんにもう一度会いたかったんだ、だから消えたくなかったんだ、と気づいた。

「マスミニ、アイタイ。マスミ、アイタイ」

とんとん、からー、とんとん、からーという音が何重にも響いた。

「ごめん、それはもう無理なんだ。人はね、みんな歳を取るんだよ。成長して、歳を取って、死ぬ。マスミさんもね、もうだいぶ前に亡くなってしまった」

僕は思い切ってそう言った。

家はなにも言わない。

「シッテル。ヒト、ミンナ、トシ、トル」

しばらくして、家が小さくそう言った。

「シワシワ。チヂム」

「そうだよ」

僕が答えると、家はまたしばらく黙った。

「マスミモ？」

「そうなんだ。人はみんな、そうなるんだ」

僕の祖父母や喜代さんのことを思い出す。みんな歳を取る。そして亡くなる。僕の両親のように歳を取る前に死んでしまうよりずっと幸せなことなんだとは思う。でも、やっぱり最後にはみんな亡くなる。

「ソウカ」

家が言った。

「マスミ、シンダ」

この家でも亡くなっていった人はたくさんいただろうから、人が死ぬこと自体はわかっているのだろう。だが、若いころにこの家を出たマスミさんについては、年老いたところを見ていない。だからよくわからないと思ったのかもしれない。

ずっと待っていたのに、結局会えないままだった。この家も取り壊されてしまう。それが可哀想でならなかった。

「あのね、でも、マスミさんの曽孫がいるんだ。マスミさんの子どもの子どもの子ども。もう大人だけどね。この写真をくれた人。今度その人を連れてくるよ」

僕は思わずそう言った。深沢さんと会うことが家にとって意味のあることなのかわからない。深沢さんがここに来てどう感じるかもわからないが、知っていて言わずにいるのは不誠実なことに思われたのだ。

「ワカッタ」

家はそう言って、すうっと黙った。

料理はこの前と同じようにとてもおいしかった。最後の蕎麦まで残さず食べて、この店がなくなったらこの蕎麦を食べることもできなくなるんだな、と思った。

水菓子が出たとき、店主がやってきた。僕はさっき撮った写真を深沢さんに送り、店主に閉店までに深沢さんを連れてきます、と約束して店を出た。

月光荘に帰るとすぐ、深沢さんからメールが返ってきた。写真を見て、柱が同じであることに驚き、一度自分もこの店に行きたい、と書かれていた。

深沢さんは由香里さんと美里さんにも同じ写真を送り、さらに美里さんから安西さんや豊島さんにも連絡がいったようで、みんなから行ってみたい、という連絡がきた。

しかし、とんからりの閉店まで、ということになると、宿の仕事のある美里さんは都合がつかず、浮草も、安西さんと豊島さん両方が店を外すことはできないため、結局深沢さん、由香里さん、豊島さんと僕の四人でとんからりに行くことが決まった。

6

店主に相談して日程を調整したところ、水曜日のランチタイムに一部屋用意してもらうことができた。営業が終わったあと少しゆっくり話をしたいし、建物のなかも案内したい、とのことで、ランチのいちばん最後の時間帯に行くことになった。

当日は狭山市駅に集合し、人数が多いのでタクシーで向かった。僕が助手席に座り、女性三人が後部座席についた。深沢さんはあの写真の家に行けるということで、緊張して昨晩はよく眠れなかった、と言っていた。

「夫にも子どもにも、なんでそんなにわくわくしてるの、って不思議がられちゃって」

深沢さんの声は弾んでいる。タクシーは風間家の菩提寺の前を通り、入間川を渡った。

そういえば風間家の幸弘さんの家、つまり守章が晩年住んでいた家も最寄駅は狭山市駅で、車で行ったから僕自身は位置をちゃんと把握していないが、ここからそう遠くないはずだ。祖母の生家は笠幡で、ここより川越寄りだが同じ入間川沿いの地域だ。

僕のなかには、このあたりに暮らした人々の血が流れている。光る川面を見ながら、なんとなくそう思った。

狭い道にはいり、とんからりの前に着く。

「こんなところにこんなお店があったんですね」

由香里さんが言った。

「素敵。タイムスリップ感は川越と同じですけど、こちらは農村の雰囲気ですね」

豊島さんがあたりを見まわす。とんからりの建物はもとが農家だからそう感じるのだろう。もう記憶の彼方(かなた)だが、祖母の家もこんな感じだった気がする。庭を抜け、建物のなかへ。ランチタイム最後の組ということもあり、順番を待つ人の姿はない。

「あ、あれですね」

土間にはいったとたん、正面の柱を指差して、深沢さんが言った。

「ほんとだ。あの写真の柱とそっくり」

由香里さんも驚いた声をあげた。深沢さんはカバンから写真を取り出し、柱と写真を代わるがわる見る。

「まちがいないですね。ここだったんだ。曽祖母はここで生まれ育ったんですね」

深沢さんは天井を見あげ、深く息をついた。

「それで、機はこのあたりにあった」

写真を見ながら土間の真ん中に立つ。

「すごい。まさか、この写真の場所に立てるなんて。夢みたい」

深沢さんがため息をつく。

「いらっしゃいませ」

そのとき店の奥の方から声がして、店主が姿をあらわした。

「こんにちは。こちらが深沢さん、写真の持ち主です」

僕はそう言って、深沢さんを指した。

「よくお越しくださいました。そちらが例の写真ですか?」

店主が深沢さんの手の中にある古い写真に目をとめる。

「はい、そうです。ずっと写真でしか見たことのなかった場所なので、なんだか信じられない気持ちでいっぱいです」

「そうですよねえ。わたしも写真を見たときは驚きました」

店主がうなずいた。

「まさか実在しているなんて。いえ、写真があるのだから、かつて存在していたことはわかっていたんですけど、現存しているとは思っていなかったので」

「わかります。店にするときにだいぶ変えてしまったのですが、わたしがここを買い取ったときは、もっとこの写真に近い形だったんですよ。この障子もありましたし」

「そうだったんですね」

「ただ、機はもうなかった。前の家主から、むかしは機織りをしていたらしい、という話は聞いたんですが、機自体はもう処分されてしまっていて。だから、この写真を見たときは、わたしも別の意味でびっくりしました」

「前の家主さんはどうなったのですか」

深沢さんが訊いた。

「亡くなったみたいです。二年前に知らせが来ました。お子さんもいなかったようなので、この家の血筋も途絶えた、ということですね」

いまの店主がこの家を買ったときにもうそれなりの年齢だったのだろうし、それから二十年経ったのだ。亡くなっていても不思議はない。

由香里さんと豊島さんのことを紹介したあと、店主が部屋に案内してくれた。木谷先生たちと来た部屋より広く、天井も高い。八人程度まではいれるいちばん大きな部屋だと言っていた。

「落ち着きますね」

深沢さんが言った。外からの音はほとんど聞こえない。とんとん、からーという音だけが聞こえるが、これは家の出している音で、ほかの三人には聞こえないのだろう。

家は僕が来たことに気づいているのだろうか。深沢さんたちとずっといっしょなので、家に話しかけることはできないが、家の立てる音を聞いていると、ちゃんと僕の存在を感じ取っているように思えた。

みんなでランチ懐石を注文し、料理が運ばれてくる。由香里さんも深沢さんも、満足しているみたいだ。

「あの、深沢さん」

料理の合間に、僕は深沢さんに話しかけた。

「ここで機織りをしていたという深沢さんのひいおばあさんのことなんですが、どんな方だったんですか？　ひいおばあさんですから、深沢さんご自身は会ったことがないかもしれませんが。たしか、マスミさんというお名前でしたよね」

僕がそう言ったとたん、とんとん、からーという音が止まって、あたりがしんとなった。

「そう、マスミです。わたしが生まれる二年前に亡くなったそうで。だから、わたし自身は会ったことがないんですが。でも、アルバムでは見ましたよ。歳を取ってからの写真はたくさん残っていましたから」

「そうなんですか」

「父は子どものころのことを話しませんでしたが、叔母からよく話を聞きました。自分たちはよくおばあちゃんの世話になっていたんだ、って。男の子はすぐに外に遊びに行ってしまうからあまり関係なかったのかもしれないですね。でも、自分と妹はおばあちゃんといるのが好きだった、って」

深沢さんが言った。

「お正月に集まったときは、食事が終わると女の子の孫を集めてお手玉とかを教えてくれてたみたいです。お手玉もおばあちゃんの手作りで、なかに小豆(あずき)がはいってしゃんしゃんといい音がした、って」

深沢さんがそう言ったとき、マスミ、オテダマ、という声が聞こえた。家の声だ。

「マスミ、オテダマ、ジョウズ。ミッツ、ヨッツ」

マスミさんが子どもだったころ、この家でお手玉遊びをしていたということだろうか。家からしゃんしゃんというお手玉の音が聞こえてくる。

「叔母は曽祖母に習ったらしくて、両手でみっつ、とか、片手でふたつ、とか上手にできたんですよ。わたしも叔母に教わったことがありますが、全然できなくて」

「みっつはわたしもできないですねえ。祖母はできましたけど」

由香里さんが笑った。

「そういえば叔母が言ってました。亡くなる前のお正月、曽祖母がめずらしくむかしのことを語ったんだそうです。娘時代に機織りをしていた話もたしかそのとき聞いたとかで。自分は機織りがすごく上手くて、自分が織った布は高い値がついたって得意そうに話していたみたいです」

「そうなんですか」

由香里さんが微笑む。

「たぶん、曽祖母の家は専業ではなくて、農作業との兼業だったんだと思います。工女をしている人たちは、夜なべの仕事でしんどいってこぼしていたけど、自分は機織りが好きだった、自分の織った白い布が広がるのを見ると、気持ちが晴れやかになるんだ、と言ってたそうです」

深沢さんが微笑む。

「もともとは活発な人だったみたいです。子どもが五人いたから育てるのに必死で、ほかのことなどなにもできなかったけれど、若いころは先生になりたかったんだとも言ってたそうです。そうやって育てた子どもも、戦争で祖父と大叔母以外亡くなってしまって」

「たいへんな時代だったんですね」

由香里さんが言った。

「そうですね。自分だったら耐えられたかどうか。それでも叔母によれば、いつもにこにこしてやさしい人だったって。なにがあっても、大丈夫だ、って笑い飛ばしてしまう。だから安心していられたんだ、って言ってました」

家はなにも言わない。豊島さんもじっと黙って深沢さんの話を聞いていた。

「お子さんが亡くなった分、お孫さんたちといっしょにいられるのがうれしかったのかもしれませんね」

由香里さんがうなずきながらそう言った。

料理が最後の蕎麦まで終わり、水菓子が運ばれてきた。巨峰とマスカットの二種類のブドウが小さな皿にのっている。お茶を飲んでいると店主がやってきた。料理の感想を話したあと、店主がよかったら建物のなかを案内しましょうか、と言った。

「いいんですか？」

深沢さんが目を輝かせる。

「はい、もちろん。九月末で店の営業も終わって、引き渡すことになりますから」

「そうですか。ありがとうございます。よろしくお願いします」

みんな立ちあがり、店主のあとについていった。

店主は、由香里さんが川越織物研究会の会長、深沢さんもそのメンバーだと聞いて、織物のことをいろいろ訊いている。

「その写真のことをもっと前に知っていれば。この店に展示したかったです」

店主が言った。

「ほんとですか」

深沢さんの表情がぱっと輝いた。

「いまからでもいいんじゃないですか。九月末に閉店なら、これからまだお客さまもいらっしゃるでしょう？　お店の最後を飾るのにもふさわしいんじゃないでしょうか」

由香里さんが言った。

「もし深沢さんがよければ、展示させてください。写真そのものをお借りするのは心配なので、画像をメールで送ってもらえれば、店の者が拡大できると思います」

「わかりました。そうしたら家に帰ってから送ります」

深沢さんが答えた。

建物のなかをひとまわりし、深沢さんたちは思い思いに建物のなかをめぐっている。僕はその場所を離れ、ひとり土間に戻る。壊されるまでの短いあいだだが、ここにあの写真が飾られることになってよかった、と思った。

「アリガトウ」

　家の声がした。

「うん、マスミさんのこと、少しは伝わった?」

「ワカッタ」

　曽孫の話すことだから、人間関係が複雑でわかりにくかったかな、と思ったが、家はあまり気にしていないみたいだった。

「マスミ、オテダマ、タノシイ、ハタオリ、タノシイ」

　とんとん、からーという音が響く。

　――工女をしている人たちは、夜なべの仕事でしんどいってこぼしていたけど、自分は機織りが好きだった、自分の織った白い布が広がるのを見ると、気持ちが晴れやかになるんだ、と言ってたそうです。

　さっきの深沢さんの言葉を思い出す。

　とんとん、からー、とんとん、からー。

　機織りの音が響いて、むかしの世界にはいりこんでしまったような気持ちになる。

「スキダッタ」

　家が言った。

「オト、スキダッタ、マスミ、スキダッタ」

マスミさんのことを好きだった。

家はマスミに恋のような情を抱いていたのかもしれない。ふいにそう気づいた。家が人に恋をする。これまで想像したこともなかったけれど、家にも心があるのだから、そういうこともあるのかもしれない。

「ごめんな。マスミさんを連れてくることはできなかった」

天井を見あげ、僕は言った。

「マスミ、シンダ。シカタナイ」

マスミさんが死んだことを仕方ないと言っているのか、僕が連れてこられなかったことを仕方ないとなぐさめてくれているのか、定かではない。だが、やさしい声で、あたたかい雨に濡(ぬ)れているような心地だった。

「マスミ、コドモ、ウンダ、マゴ、ウマレタ」

家の声がした。

「うん、そうだね」

僕は答えた。

「オテダマ、タノシカッタ」

なんともいえない悲しい声だった。

「ヒト、ウム、ソダテル」

そうしてみんな消えていく。マスミさんも、喜代さんも、僕の祖母も。そのことが悲しく、胸が詰まった。

「マスミ、ワラッテタ。ダカラ、イイ」

家が言った。だから、いい。その言葉が心に染みこんでくる。

「イエ、ナクナル。デモ、イイ。モウ、タクサン、ミタ。モウ、カエル」

「そうか」

僕はそう言ってうつむいた。家は自分がもう取り壊されることを知っている。が、それでもいいと言っている。帰るというのは、あの白い世界に、ということだろうか。

家も、いつかなくなる。

人と同じだ。

きっとそういうものなんだな、と思った。窓からの日差しが土間の床に光の玉を作っている。ちらちらとゆれて、笑っているみたいだ。マスミさんが遊びにきたのかもしれない、と思った。

店を出たあと、由香里さんたちとともに広瀬浅間神社に寄ることにした。とんからりからは歩いていける距離みたいだ。店主には、タクシーは通らないから、駅に戻るならもう一度店に寄ってください、車を呼びますから、と言われた。

「このタイミングで家が見つかるなんて、奇跡のようですね」

神社に向かう道を歩きながら、由香里さんが言った。

「ほんとですね。遠野さんのおかげです。遠野さんが見つけてくれなかったら、そのまま取り壊されて、ここが曽祖母の家だったことも、つい最近まで家が存在していたことも知らないままになるところだった」

「いえ、それはほんとにたまたまのことで。僕だって島田さんに連れてきてもらわなかったら、この店のことは知りませんでした」

もとより、僕の力ではない。しかし、奇跡のようだというのはその通りだと思った。僕はたまたまとんからりにきたあとすぐに深沢さんの写真を見た。そのふたつのできごとのあいだに時間が空いていたら、柱のことを忘れてしまっていたかもしれない。

島田さんがとんからりに連れてきてくれなかったら、僕も深沢さんもこの家がここにあることさえ知らず、家はマスミさんのその後を知らず、そのまま取り壊されていった。

そう考えると、家が最後に店になったことにも、ちゃんと意味があったように思われてくる。店になることで、この家にはたくさんの人が訪れ、最後に深沢さんを引き寄せた。マスミさんには会えなかったけれど、マスミさんの写真が展示される。それは、家にとってもいいことなんじゃないか、と思う。

あの写真がなんのために撮られたのかはわからないままだった。だが、写真の質は当時としてはとてもよく、素人に撮れるものではない。なにかの記念か記録の写真、または写真の専門家がなにかの目的で撮ったものを現像して渡してくれたのではないか、と由香里さんは言っていた。

崖のような斜面に、広瀬浅間神社の鳥居が見つかった。鬱蒼とした階段をのぼると、神社の境内に出た。笠幡の浅間神社のような小山ではない。神社自体が崖の上に建っているようで、その上にさらに富士塚がある。

看板には、万延元年（一八六〇年）の創建で、祭神は「木花咲耶姫命」とある。安産の神といわれ、頂上のろうそく立てからろうそくをもらって、出産の際に神棚で灯すと、燃え尽きるまでに安産すると言われているらしい。

毎年八月二十一日には火祭りがおこなわれるとも書かれていた。祭りでは、桑の枝で作った円柱状の松明を燃やすお焚き上げがあるのだそうだ。

「お焚き上げですって。めずらしいわね」

由香里さんが言った。

「桑の枝を使うってことは、養蚕に関係があるんですよね。一度見てみたいですね」

「八月二十一日だから、今年はもう終わっちゃったのか。ということは来年だね」

由香里さんが言うと、深沢さんもうなずいた。

由香里さんも深沢さんもこのあとに予定がはいっているようで、その日は簡単にお参りだけして、とんからりに戻った。店主にタクシーを呼んでもらい、狭山市駅に向かった。

由香里さんたちはそのまま電車に乗り、豊島さんと僕は、前におこなった由香里さんのインタビューをまとめるため、狭山市駅の近くのカフェにはいった。

インタビューの文章は僕がまとめ、すでに豊島さんに送っていた。豊島さんがリーフレットの書式にレイアウトしたものを持ってきていて、細かい誤字や疑問点を相談しながら修正した。

リーフレットの作成をはじめたころはこうした作業も手探りだったが、いまはだいぶ慣れて、作業にかかる時間も短くなってきている。

「今日のとんからりのこと、なんだかすごい体験をしたって感じです」

作業が終わったあと、豊島さんが言った。

「そうだね。僕も、深沢さんから写真を見せてもらったとき、すごく驚いたんだ」

深沢さんの曽祖母の名前がマスミだとわかったときはそれ以上に驚いたのだが、そこは言えない。

「そうですよね。あんな偶然があるなんて……」

豊島さんはそう言いながら、カップに残っていたコーヒーを飲んだ。

「わたし、修論は雑誌の歴史でまとめるつもりで、もう作業も進めているんですけど、ちょっと後悔しちゃってるんですよね」

「え、後悔？　どうして？」

「最近、っていうより、浮草の仕事をはじめてからずっとなんですけど。もともと雑誌制作に興味があって立花ゼミにはいったんです。だから、新井のリーフレットの仕事を受けたときもうれしくて。でも、川越でいろいろな人の話を聞いたりするうちに、雑誌の形にまとめることより、町の人の話を聞くことの方がおもしろいと思うようになってきて」

「ああ、そうか。それはちょっとわかる気がする」

「とくにむかしの話が興味深いんですよね。繭玉飾りのときの白木先生の話を聞いたときは、ほんとに鳥肌が立つほどだった」

「金色姫の話とかね」

繭玉飾りのイベントをまとめた記事を作っていたとき、豊島さんが熱心に養蚕のことを調べていたのを思い出した。

「そうそう。養蚕にかかわっていた女性たちの話も刺激的だったし、喜代さんの話も。修論で調べる雑誌も、昭和中期までのものにしぼろうと思ってるので、時代的には重なる部分もあるんですけど……。雑誌っていうより、とにかく明治、大正、昭和の人々の暮らし自体に興味が出てきて、そっちを調べる方が実りがあるんじゃないかって」

「でも、そしたらもうそれは立花ゼミじゃないよね。っていうか、学部も替えないといけないんじゃない？」

「たしかに」

豊島さんが笑った。

「そうなったら、史学科ですよね。高校のころは社会が苦手で、全然関心なかったんですよ。歴史とか地理とか暗記だけでつまらない、って思ってましたし。でも、ちがうんですね。人が生きることが積み重なって、歴史が作られていく。それはほんとにリアルなことで……」

「川越にいると、そういうことを感じるようになるよね」

古い建物が残っているからだろうか。江戸時代も明治も大正も、以前は遠くて自分には関係のない架空の世界のことのように思っていたのに、いまはかつてほんとうにその時代の人が生きて、暮らしていたのだと感じる。

「郷土史なんて、おじいさんの趣味だと思っていたんですよねえ。歳を取るとむかしのことばっかり調べるようになるって。うちの祖父がそうだったからかもしれませんけど。国分寺で社会科の教師をしてたんですが、遊びに行くたびに武蔵国分寺のあるあたりに連れて行かれて、寺だの、遺跡だのを見せられて」

「そうか、子どもには退屈だよね」

僕は笑った。

「そうなんですよ。あたらしいものの方が全然きれいだし楽しいのに、なんでそんな古臭いところに、って。でも、いまはちょっとその楽しさがわかる。わたしも歳取ったってことかなあ」

豊島さんがぼやく。

「歳取った、って……」

思わず笑った。だが僕もゼミの後輩からは仙人と呼ばれていたくらいだから、なにも言えない。

「さっきの広瀬浅間神社も、あの場に行って、周りの景色を見ているだけで、なんだか胸がぎゅうっとなってしまって。みんながここにお参りに来てたんだなあ、って。お産だって、むかしは神頼みするくらいしかなかったんですよねえ。命がけの仕事なのに、みんなそうやって産むしかなかった」

「そうだね。そういう勇気のもとに次の世代が生まれて、いまの僕たちまで続いてる」

「なんか、すごいですよね。ほんとに」

豊島さんってこういうことを考えている人だったのか。なんだか新鮮だった。考えてみれば、安西さんからは家族がらみの悩みの話をよく聞いていたのに、豊島さんとはリーフレットの仕事の話ばかりで、個人的な話をしたことがなかった。

「白木先生の話にも出てきたけど、浅間神社って笠幡にもあるんだ」

「笠幡？」

「うん。広瀬より少し川越寄りの地域だよ。入間川沿いの。繭玉飾りのイベントのあと、僕はそこに行ったんだ」

「遠野先輩ひとりで？　なんでですか？」

「正確に言うと、ひとりじゃなくて風間家のはとこのゆきくんたちといっしょだったんだけど」

「ゆきくんって、あの真山さん経由で再会した？」

「そう。ゆきくんやゆきくんのお母さんと話しているうちに、僕の祖母の実家が笠幡にあったことがわかって。それで、小さいころ、よく祖母に連れられて小山みたいな神社にのぼっていたことを思い出したんだ」

「小山みたいな神社……」

「うん。さっきの広瀬浅間神社みたいな大きな境内はない、ほんとに小山だけみたいな神社でね。そこも浅間神社って呼ばれてたんだ。祖母は僕を連れてそこにのぼることで、僕の健康を祈願していたんだ、ってそのときわかった」

「そうだったんですか」

豊島さんが僕を見る。なんでこんな話をしているんだろう、と思った。

「遠野先輩が月光荘に住むようになったのって、木谷先生からの提案だったんですよね」

「うん。そうだけど、どうして？」

「いえ、それまでは別の場所に住んでたって聞いたので」

「そう。木更津(きさらづ)だよ、千葉のね。父方の祖父といっしょだったから」

「つまり、川越に住むようになったのは偶然だったんですよね」

「そうだね」

「不思議ですねえ。さっきの深沢さんのこともそうですけど、遠野先輩もたまたま川越に住むようになって、別れ別れになっていた親戚に再会したんですよね」

豊島さんがしみじみ言った。

「でも、川越に越してくるとき、なつかしさはあったんだよ。子どものころに住んでいたのが所沢だったから。川越とは近いし、なんとなく雰囲気が似てるんだ。電車に乗って川越に向かってくる途中で、むかしのことを思い出したりしてた」

川越に向かう電車の窓から見えた、畑ばかりの広々とした土地。思えば田畑の広がる風景なんて日本のあちこちにあるはずだ。だが、あのときはなぜか無性になつかしさを感じた。縁のある土地に導かれてきたような気もした。

あのときの僕は、まだ月光荘のことを知らなかった。身内もなく、だれに対しても心を開くことがなかった。それからいろいろなことがあって、川島町の田辺の家に行って喜代さんと出会い、風間家の人たちとも再会し、月光荘の仕事をするようにもなった。

あのときからまだ三年も経っていないのか。なんだか信じられない。

「遠野先輩は、孤独だったんですね」

その言葉にはっとして、思わず豊島さんの顔を見た。

「あ、すみません、失礼なことを言ってしまって。なんだかそんな気がしたので」

豊島さんが申し訳なさそうな顔になった。

「いや、言いたいことはわかるよ。以前の僕は、実際、孤独だった。内向きで、どこにもよりどころがない気がしていた」

「いまはちがうんですか？」

豊島さんがじっと僕を見る。

「そうだね。いまはちがうと思う」

少し考えてから、僕は答えた。人間の中身がまるっきり変わってしまうことなどあるわけがない。だからよりどころがないふわふわしたところはきっと変わっていないんだろう。でも、少なくとも人に対する気持ちは変わった。なにを話しても仕方がない、とは思わなくなった。

「それはよかったです」

豊島さんはにこっと笑った。その笑顔と「それはよかったです」という言葉が、なぜかとても心地よかった。どうして、と訊くこともなく、僕の気持ちをそのまま受け入れてくれた。そんな気がした。だが、どう答えたらいいかわからず、黙っていた。

「あの、もしよかったら、なんですけど」

ややあって、豊島さんがためらうように言った。

「ちょっと見てみたい気がしたんです」

「え、どこを？　笠幡の浅間神社？」

あそこは駅からはかなり遠い。あのときはゆきくんの車があったから行けたが、自分たちで行くならバスの路線と時刻表を調べないといけない。

「いえ、そっちじゃなくて、先輩が子どものころに住んでいた場所です。所沢なんですよね。狭山市から電車に乗れば、わりとすぐかな、と思って」

豊島さんの言葉に、僕は驚いて、一瞬ぽかんと口を開けてしまった。

所沢の家に？　そんなことは考えもしなかった。

「え、でも、そこにはもうなにも残っていないんだ。家もないし、まわりに親戚もいないし。僕自身、ずっと行ってないんだよ。もう十年以上……」

言いかけて、止まった。遠野の祖父といっしょに暮らしていたころ。小学校五年生のとき、模試に行くと嘘をついて家を出て、所沢の家に向かった。記憶を頼りに家のあった場所にはたどりついたが、そこに家はなかった。

それ以来、所沢には行かなかった。たぶん、家がないとわかったときの喪失感が長く残って、その土地を見るのが怖かったのだと思う。川越という比較的近い場所に越してきたあとも。風間家の人たちと出会って、両親の墓に行ったあとも。

もう一度家のあった場所に行こうなんて、思いもしなかった。そのことに蓋をして、見ないようにしていたのだ。

だがなぜか、いまなら行ける気がした。

「それに、所沢の駅からはそんなに近くないんだ。最寄駅は東所沢（ひがしところざわ）っていって、西武線じゃなくて武蔵野（むさしの）線の駅で……。所沢からだとバスに乗るか、西武池袋線に乗り換えてとなりの秋津（あきつ）っていう駅まで行って、そこから武蔵野線の新秋津（しんあきつ）って駅まで歩くしかなくて」

かつてよく使っていた駅の名前をあげるうちにそれだけで胸がいっぱいになり、そこで言葉が途切れてしまった。

「大丈夫ですよ」

豊島さんは笑った。

「わたし、そういうのわりと好きなんです。知らない路線を乗り継いで、知らない場所に行く。ちょっとした冒険みたいで」

そう言われて、なんだか心が軽くなった。

―7―

カフェを出て駅に戻り、西武新宿線に乗った。

墓参りや法要で、本川越から狭山市駅までは何度か乗ったが、その先に行ったことはない。だが狭山市駅にある親類の家に行くことがあったなら、子どものころもこの電車に乗っていたはずだ。祖母や母も車の運転はできたが、家の近くの慣れた道だけで、最寄り駅より遠くに行くときはいつも電車を使っていた。

電車が動きだしてすぐに見えるのは、航空自衛隊入間基地の広い敷地。

「遠野先輩」

僕がぼんやり窓の外を見ていると、豊島さんが話しかけてきた。

「先輩、いつも新井のリーフレットにエッセイみたいな、小説みたいなものを書いてるじゃないですか」

「小説……。いちおう、エッセイのつもりなんだけどな」

僕は苦笑いした。

「そうでしたね。なんとなくいつも小説を読むみたいな気持ちで読んでしまうんですけど。なんでだろう、非現実的な部分が多いからかな」

豊島さんも笑った。

「エッセイっていうからには、もっと現実のできごとを書かないといけないって思ってるんだけど。なぜかああなってしまう。とくにこの前の蚕の糸の話は……」

蚕の糸にだれかの人生が刻まれていて、それを読むことができる娘の話だ。もちろん、実在するわけではない。喜代さんが亡くなった夜に見た夢をもとに描いたもので、いわば幻想の物語だ。

ずいぶん長くなってしまい、結局リーフレットには四回に分けて掲載することになり、この前の号でようやく完結したのだった。夢という体裁にしてあるけれど、自分でもエッセイというのは無理があると思ったたし、美里さんもよく載せてくれたと思う。

「いえ、あの話はすごくおもしろかったんです。リーフレットに分けて掲載するなんてもったいないくらい。お客さまからも好評だったんですよ。村田先生って覚えてますか」

「ああ、『ちょうちょう』の朗読会に来てくれた……」

新井の常連客で、以前月光荘で開いた朗読ユニット「ちょうちょう」の朗読会を聞きにきてくれた人だ。横浜に住んでいて、以前は大学で日本文学を教えていた、と言っていた。

「昨日、美里さんのところにお手紙が来たって言ってました。遠野先輩の連載がすばらしかったって、四回分まとめた感想が書かれてたみたいです」

「そうなの？　僕のところにはまだなにも……」

「わたしのところにも手紙をいただいたっていうメッセージが来ただけで、中身は読んでません。すごく長文だし、スキャンとかじゃなくて手紙の現物で読んだ方がいいだろうから、今度月光荘に持って行くって、美里さん、言ってました」

「そうなのか」

ありがたいことだ。だが、日本文学の先生だという話だったし、どんなことが書かれているのか、ちょっと緊張する。

「黒田先生からも、これはすごい、今度朗読してみたい、っていうメッセージが来てたみたいですよ。笠原先輩もほめてましたし」

「そうなの？」

黒田先生というのは、ちょうちょうのメンバーに朗読の指導をしている先生だ。自らもいろいろなところで朗読会をおこない、川越の「kura」というカフェで開く夏の朗読会は、いつも満席になるほどにぎわっている。

笠原先輩というのは、川越にある笠原紙店の跡取りで、春にあたらしくできた「紙結び」という店の手伝いもしている。木谷ゼミの先輩で、大学在学中は小説を書いたりもしていたらしい。

「だれも僕のところには直接言ってこないなあ」

「本人には言いにくいんじゃないですか」

豊島さんは笑った。

「笠原先輩は、こんなふうに中途半端にエッセイとして連載するんじゃなくて、ちゃんと小説の形に整えてどこかの公募に出す努力をすべきだ、とも言ってましたけどね」

笠原先輩の渋い顔が頭に浮かぶ。

「ちょっと怖いなあ」

「笠原先輩ももとは小説を書きたいと思っていた人ですから、きっと、創作に対しては強い思いがあるんですよ。せっかく才能があるのだから、中途半端な取り組み方はいかん、ってことなんじゃないでしょうか」

豊島さんは窓の外を見ながら言った。口調が厳しいわけではないが、強い意志のようなものが感じられて、思わずその横顔を見た。

「気持ちはわかります。わたしも創作を志していたことがありますから」

豊島さんは窓の方を見たまま、軽く息をついた。はじめて聞く話だったが、違和感はなかった。

「まあ、文学部にはそういう人がうようよいるんだと思いますけど。わたしの場合は、書きたかった、というより、自分にはなにか書けると思いこんでた、という方が近いかもですね。ずっと作文の類が得意で、それだけは人に負けない、文章を書く仕事で生きていきたい、って」

たしかに豊島さんの文章はきれいだ。リーフレットのために取材して書いた文章しか読んだことがないが、わかりにくいと引っかかってしまうところがない。情報を出すタイミングが的確なのだろう、読んでいてすんなりと頭にはいってくるし、漏れもない。なにより文章に心地よいリズムがあって、ストレスなく読むことができた。

「先輩、『星の王子さま』って読んだことありますか?」

「サン＝テグジュペリの?　あるよ、子どものころだけど」

「あれにバラの話が出てくるでしょう?」

「王子の星に生えているバラだよね」

「はい。王子は地球に来て、バラがたくさん咲いているところを見て、悲しい気持ちになるんです。僕のバラは、自分がたったひとつのバラだと思っているのに、ここにはこんなにたくさんのバラがある、これを見たら、僕のバラは恥ずかしくなるだろう、って」

「うん、読んだ覚えがある」

もうだいぶ前のことなので記憶は定かでなかったが、たしかにそんなシーンがあったような気がした。

「大学にはいったときのわたしはまさにそんな感じで」

豊島さんが少し笑った。

「自分くらい書ける人なんて、世の中にはたくさんいるんだ、って。それで、あらためて自分はなにを書きたいんだろう、って思ったら、別に自分のなかに書きたいものなんてなにもない、って気づいてしまったんですよ」

豊島さんはちょっと目を伏せた。

「平凡な環境で育って、特別な経験もない。文章は書けるかもしれないけど、それを使って書きたいことなんてひとつもないんだって。まわりには、才能だけじゃなくて、その人でないと書けないことを持っている人たちがたくさんいて……。それでも、その人たち全員が作家になれるわけじゃないでしょう？」

「そうだね」

「もう、なんで自分がなにか書けると思っていたのか、わからなくなっちゃって。それで書くことをあきらめたんです。でも、三年のときに立花ゼミの課題で川越に来て……」

「ああ、安西さんたちと『街の木の地図』を作ったときだね」

「そうです。あのとき、川越の人たちに、思い出の木の話を語ってもらったんです。それを聞いているうちに、どんな人にも人生があって、物語があるんだって感じて。それで、自分のなかには書きたいことはなにもないけど、世の中には書き残しておきたいことがたくさんあると思った。それを書いていきたいって」

豊島さんはおだやかにそう言った。それを聞きながら、こういうことを考えている人だったのか、と少し驚いていた。

「繭玉飾りのイベントで、また一段と深いところを見た気がしたんですよね。それまではひとりの人の人生のことだったけど、もっと前の世代まで連なる物語があるんだな、って感じて」

そう言って、天井を見あげる。

「世界には、これまで生きてきた人たちひとりひとりの物語が漂っているんだと思うんです。でも語る人がいなくなってしまうと、だれにも見えないものになってしまう。だから、あとの人たちに知らせるために、少しでも多くの人に話を聞いて、それを文章にして刻みつけておきたい、って思うようになって」

「うん」

豊島さんの勢いに押されて、ただうなずくだけになる。

「だから修論もそういう研究にすればよかった、って。もう手遅れですけどね」

豊島さんがこっちを見て、笑った。

「手遅れってことはないだろう？　大学で研究することはできないかもしれないけど、浮草の仕事だってあるし、これからの仕事でそういう興味を生かせるときが来るかもしれないよ。仕事とは別に川越織物研究会にはいって活動したっていいんだし」

「そうですね、織物研究会にはいるっていうのは、自分でもちょっと考えてました。まあ、仕事に慣れてからの話ですけど」

「そうだね。最初のうちは大変だろうから」

「それはそれとして、いま言いたかったのは、遠野先輩の蚕の糸に関する文章を読んですごく驚いたということです。これまで生きていた人たちひとりひとりの物語が糸に刻まれている。それを読める娘がいる。わたしが感じていたことそのものだと思いました。それをこういう形で描くのが小説なんだ、って」

その言葉を聞きながら、僕もまた自分の思いを言い当てられた気がした。僕の場合は、いま豊島さんが言ったようなことをしっかりわかっていたわけじゃない。むしろ、糸のイメージの方が先に頭に浮かんできた。でもきっとそういうことなんだ、と感じた。

「小説を書けるかどうかって、そういうことなんだって思ったんです。きっと笠原先輩も同じことを感じたんじゃないでしょうか。だからこそ遠野先輩には、ちゃんと小説に取り組んでもらいたい、と思ったんじゃないかと」

豊島さんは僕の目を見ずにそう言った。

「自分ができないことをできる人がいる。ちょっと前だったら認められなかったと思うんですけどね。歳取った、ってことかな」

僕の方を見て、にこっと笑う。

「いつも思うけど、豊島さんの説明は明晰だね」

「え、そうですか？」

豊島さんが目を大きく見開く。

「物事を直感で把握するのは、たぶん安西さんやべんてんちゃんの方が得意だと思います。わたしはそれを言葉で表現しないと気がすまないだけ」

豊島さんがはははっと笑った。

所沢駅に着き、いったん電車を降りた。ここで西武線に乗り換えて、武蔵野線に乗り継ぐ手もあるが、むかし乗っていたバスで行くことにした。

東口のロータリーに出て、東所沢駅行きのバスに乗る。目の前に見覚えのある風景が広がり、むかしに戻ったような気持ちになる。両親や祖母と、ここから何度もバスに乗った。これまで思い出したことなどなかったのに、蓋が開いたように記憶が湧き出してくる。

バスのうしろのふたりがけの席に豊島さんとならんで座った。豊島さんにうながされ、僕が奥の窓際にはいる。バスが動きだす。子どものころに何度も見た景色が流れていく。

駅前を離れ、しばらく行くと街道に出た。道の両側にはファミリーレストランや薬局の郊外店、工場や自動車用品店が次々にあらわれた。ファミリーレストランにはときどき祖父母や両親といっしょに行った。

よくあるファミリーレストランなのに、あのころははなやかな場所に思えていた。まわりにもたくさんうちと同じような家族がいて、にぎやかだった。いつもは厳しい顔で仕事の話をすることの多かった祖父も、そこではただ楽しそうに笑いながら食事をしていた。スーパー銭湯も見えた。ひのき風呂や岩風呂やジェットバスがあったりする大きな施設で、休みの日にはときどき祖父や父といっしょに行った。

東所沢の駅に着き、バスを降りる。川越駅や所沢駅の周辺の町に比べれば田舎だけれど、僕が住んでいたころよりは建物が少し増えた気がする。豊島さんは東所沢駅に来たのははじめてのようで、あちこちきょろきょろ見まわしている。

「なんもないところだよね」

武蔵野線はもともとは貨物線で、母が小学生のころまでは人が乗れる電車は走っていなかったのだそうだ。そのころはこのあたりには建物なんてほとんどなくて、ほとんどが田畑だった。

「たしかに、駅ビルとかスーパーとかはないんですね」

西武線沿線の方が早くから開発されていたし、どの駅にもたいていスーパーマーケットが隣接し、商店街がある。駅ができるのと同時に町も作られたのだろう。でも、武蔵野線はそうじゃない。祖母も母も、買い物に行くときは車やバスで所沢や清瀬などの西武線の駅まで行くことが多かった。

小学校の横の道を抜け、畑の間の道を歩く。だいぶ家が増えたけれど、まだまだ農地が残っていて、むかしはこのあたりがすべて田畑だったことがうかがえる。むかし僕の家があった場所に向かった。そこにはいくつも、いまふうの建売住宅がならんでいる。

僕の家はない。わかっていたことだ。家出してここに来たときのような衝撃はもうない。胸のなかに風が吹き抜けていくようなさびしさはあったけれど、そういうものだと受け止めていた。

「前はね、ここに僕の家があったんだ。昭和に建てられた古い木造の家だよ」

庭もあって、僕はよくその庭で遊んだ。その家の敷地はいまは三つに分割されている。あのときはまだこの建売住宅は建っていなかった。家の前には自家用車や子ども用の自転車が置かれている。ここで暮らしている家族がいて、その人たちにとってはここが我が家なんだな、と思う。

「なんだか変な気分だ」

僕がつぶやくと、豊島さんが、どういうことですか、と訊いてきた。

「もし、まだ父や母が生きていたら、って思って。祖父母は亡くなったけれど、祖父の工務店は父が継いで、まだ続いていたのかもしれない。僕は大学を出て、どこかで働いているのかもしれない。まだ両親と同居してるのか、それとも家を出ているか……」

「そうですね。いまの遠野先輩の暮らしとは、まったくちがったんでしょうね」

「大学だって、僕は遠野の祖父に引き取られたから中学受験をして、いまの大学にはいった。でも両親と暮らしていたら、そうはなっていなかったかもしれない。このあたりの中学にはいって、高校も、大学も、いまの僕とは全然ちがうところに行って……」

そしたらいまの僕はいない。両親と過ごす小学校時代、中学、高校、大学時代。どうなっていたのか、見当もつかない。

「祖父母の家もこの近くだったんだ。両親が亡くなったあとしばらくはそこに住んでいたんだよ。そこもいまはもうないんだけど」

「じゃあ、せっかくですから、そっちも行ってみましょうか」

豊島さんに言われ、歩きだす。見覚えのある道を歩き、祖父母の家があったあたりに行った。そこにも大きなマンションが建っていた。

「祖父母の家はここにあったんだ。そのとなりに工務店があって、父もそこで働いていた」

「大工さんだったんですよね。真山さんから聞きました。それに、ひいおじいさんは『家の医者』って呼ばれていたこととか」

「うん。そうみたいだ」

「『家の医者』ってどういう意味なんでしょう?」

「家の修理がうまかった、ってことだと思うけど」

「それだけなんでしょうか。真山さんが言ってました。遠野先輩のひいおじいさんは、不思議な力を持っていて、家の不具合の原因を見通すことができたんだって」

「そう言われてたみたいだね。むかしのことだから、迷信みたいなものだと思うけど」

僕は言った。ほんとうは家の声を聞く力を持っていたということなのだが、そのことを話すわけにもいかない。

「でも、遠野先輩のひいおじいさんですからね。ほんとになにか特別な力を持っていてもおかしくないような気もします」

豊島さんは笑った。

「どういうこと?」

「安西さんも美里さんも、遠野先輩は不思議な人だって言ってますから。羅針盤の安藤さんや真山さんもですよ」

「そうなの？」

後輩からは仙人と呼ばれているし、この前は木谷先生に霊感があると思われていたらしいことを知った。自分ではふつうにふるまっているつもりだが、どこか行動がおかしいのかもしれない。

「さっきも、とんからりの店のなかで……」

豊島さんに言われてぎくりとした。

「みんなで店内をまわっていたとき、遠野先輩、途中でひとりでどこかに行っちゃったでしょう？　わたし、探しに行ったんですよ。で、先輩が土間にいるのを見て」

「土間に……？」

あのときか。家と話をしていたとき。あのとき豊島さんが近くにいたのか。

「天井を見あげてなにかぶつぶつぶつつぶやいてるみたいで」

「え、それは……」

見られていたなんて思いもしなかった。あせって、言葉を濁す。

「たぶん、計算してたんだと思う。食事代、結局由香里さんが持ってくれただろう？　だからいくらぐらいかかったのかな、って」

「ああ、そうだったんですね。目に見えないものと話してるみたいに見えましたよ」

豊島さんが笑った。

「あの写真の柱ととんからりの柱が似ていることに気づいたのも、先輩が特別勘がいいからなんじゃないですか。きっとひいおじいさんも、建物のちょっとした異変によく気づく人だったんですね。理屈じゃなくて、身体で感じるっていうか」

「まあ、きっとそうなんだろうね。風間家の人も、職人の経験知だろうって言ってた」

「そうかもしれませんね。でもきっと、その勘みたいなものが先輩にも受け継がれてるんですよ。これまでも古い家でなにか変わったものが見つかったとき、遠野先輩のおかげで解決したことが何度もあった、ってべんてんちゃんも言ってました」

そう言われて返答に窮した。

「ところで、このマンションの裏ってなにがあるんですか？　鬱蒼（うっそう）としてますけど」

僕が答えられずにいるうちに、豊島さんがマンションの裏をのぞいて言った。

「この裏は崖なんだよ」

「崖？」

「うん。さっきからずっと緑が続いてるだろう。長い崖が続いてるんだ。急な坂で、おりると川がある。建物や道は変わっても、地形はむかしと変わらないんだな」

ここが祖父母の家だったころから、この裏は崖だった。下には新興住宅地が広がっているが、この崖は急なので、宅地にはならず、いまも緑が広がっている。道も作りにくいらしく、坂の下に通じている道は数本しかない。

母の子どものころは斜面はすべて鬱蒼とした林で、たぬきが歩いているのを何度も見かけたと言っていた。

「川があるんですか」

「狭山市駅のあたりと同じように河岸段丘なんじゃないかな。ただ、ここに流れているのは入間川じゃなくて、柳瀬川。僕もよく母や祖母に連れられて遊びに行ったよ」

川遊びができるほどきれいな川というわけではない。でも、河原で小石を拾って川で水切りしたり、河原の茂みでひっつき虫を探したり、ちょっとした遊び場にはなった。

「ちょっと見てみたいです」

豊島さんが言った。

「いいよ、ここまで来たんだし、おりてみようか。えーと、坂の下におりる道は……」

記憶をたどり、坂の下におりた。車がすれちがうのが難しいほど狭い道で、途中くの字に曲がっている。坂をおり切ってしばらく進むと川が見えた。子どものころはもっと広いと思っていたが、いま見ると小さな川だ。霞ケ関で見た小畔川よりも細い。

でも、もしかしたらここもむかしは入間川流域と似たような感じだったんじゃないかと思った。開発されて農地は減り、車の行き来も多いけれど、土地の形は笠幡や広瀬のあたりと似ている気がする。このあたりでも桑の栽培や養蚕がおこなわれていたかもしれない。河原に降りると空が高く見え、記憶がよみがえってきた。あれはいくつのときだっただろう。僕は母と祖母のあいだにいて、右手は祖母と、左手は母とつないでいた。背の高さから考えると、小学校にあがる前。祖母と母と河原をゆっくりと歩いていた。

どこまで歩くんだろう、と思いながら、ただ歩いていることが楽しかった。あのころはなんの疑いもなく、こういう日がずっと続くと思っていた。

──大きくなったら、守人（もりひと）はなにになるんだろうねえ。

空を見あげながら祖母が言った。空には大きな雲が浮かんで、すごい速さで流れていた。

──大工さんかなあ。この前、お父さんにそう言ってたよね。

母が言った。

──そうかあ。大工さんか。おじいちゃんやお父さんみたいに、お家（うち）を建てるんだね。

祖母が微笑む。そのときは大人になるなんてまだまだずいぶん先のことで、そんなことまでは決められない、と感じた。でも、その気持ちを言葉で説明することができず、祖母と母の手をふりきって、河原をぐるぐる走りまわった。

父と来たこともある。小石を拾い、川で水切りをした。父は水切りがとてもうまくて、五回も六回も、いや、もっと何度も、石は遠くまでぽんぽん跳ねていった。僕は練習してもなかなかうまくできず、なんだか悔しかった。

川の近くには母が子どものころに開発された住宅地が広がっていて、祖父の工務店はその家を建てる仕事をいくつも請け負ったらしい。祖父といっしょに住宅地をめぐって、祖父の建てた家を順番に見て歩いたこともあった。

かつては新築ばかりだったという住宅地だが、僕が祖父とめぐり歩いたころにはどの家も古びていた。当時はたくさん子どもがいたけれど、いまは成長して出ていって、住人にも高齢者が増えた、と言っていた。

ここには男の子と女の子のきょうだいがいたからあとで子ども部屋をふたつに分けたんだよ、とか、あの家の屋根の窓は施主（せしゅ）に頼まれて特別に作ったものなんだよ、とか、祖父の話を聞きながら、家を建てる仕事を誇らしく思ったりもした。

あのころから、僕には家の声が聞こえた。どの家も僕の家や祖父母の家とはちがう声を発していて、まだはっきりとなにをしゃべっているかまでは聞き取れなかったけれど、にぎやかだなあ、と思っていた。

「この川も、きっとむかしは清流だったんでしょうね」

川べりを歩きながら豊島さんが言った。

「そうだね」

祖父母から聞いた話では、この川は戦後の高度経済成長期には生活排水で汚れていたらしい。昭和の末期から川の水を浄化し、子どもが遊べるような広場も作り、長い時間をかけて住人が散歩できるほどきれいな河原になった、と言っていた。

僕にとっては、川といえばここだった。両親が死んで千葉にある遠野の祖父の家に引き取られてから、世の中には川なんてたくさんあるんだと知った。学校や塾で河川の名前を覚えさせられ、柳瀬川が荒川（あらかわ）水系の一本の川にすぎないことを知った。

田舎に行けばもっときれいな川があることも。川の氾濫（はんらん）が危険なものであることも。『星の王子さま』で、王子が自分の星以外にもバラがたくさんあると知ったように、ここ以外にも川はたくさんあり、この川がちっとも特別なものじゃない、と知った。

その特別じゃない川の近くで、僕たちは暮らしていた。僕の家族も特別じゃない、どこにでもあるような一家で、どこにでもあるような暮らしを営んでいた。

いまはもう、どこにもなくなってしまったけれど。

なくなってしまったあのころの暮らしが頭のなかに次々とよみがえり、なつかしさで胸がいっぱいになった。あのころの僕はそれがなくなってしまったことを理解できず、記憶の底に封印した。時が経ち、靄の向こうのまぼろしのようになってしまった。

でも、あれは全部ほんとにあったことだ。なんだって消えてしまう。大事にするとかしないとか、人の気持ちなんかには関係なく、どんなものでもいつかなくなる。なにも思い通りになんかならない。苦しくなって立ち止まった。

「どうかしましたか」

豊島さんも立ち止まった。

「いや、なんでも……」

そう言いかけて、この瞬間もまた、いつか過去になり消えてしまうのだ、と思った。

「豊島さん、さっき電車のなかで『星の王子さま』の話をしたよね」

「え、ええ」

豊島さんがなんのことだろう、という顔になる。

「バラのことを話してたよね。世界にはバラがたくさんあるって知ったときの王子さまの話を」

「はい」

「僕はね、思ったんだ。この世界全体から見たら、人間はみんな小さくて、すぐに死んでしまう。みんな似たような、取るに足らないものかもしれない」

「そうですね」

「でも、小さくてもみんな尊いと思うんだ」

そう言うと、豊島さんがはっと息をのむのがわかった。

「小さくても……」

豊島さんは僕の言ったことをくりかえし、そこで止まった。

「ありきたりでも、特別なことなんてなにもなくても、みんなと同じようなものを食べ、みんなと同じような仕事をして、みんなと同じようなことで笑って、みんなと同じような家を建て、そこで暮らして……。でも、それでじゅうぶんしあわせなんじゃないか」

言葉が腹の奥から湧いてきて、こぼれ落ちる。

――いつもお腹（なか）が空（す）いてたし、いやなこともたくさんあったんだよ。生きてるから生き続けてただけ。だけど生きてたから、日和子（ひなこ）も生まれたし、守人にも会えた。

祖母の声が聞こえた。

祖母の持っていた白い石のことを思い出した。

白いなかにところどころ透明で光る部分があって、それがとてもきれいだと思って拾って大事にとっておいた。あのときそれを祖母に渡した。祖母は小石を見て、蚕の繭（まゆ）と似ていると言った。大事にお守りにする、と言った。

ゆきくんと再会したとき、和美（かずみ）さんからその白い小石を受け取った。祖母は亡くなるまでその小石を大事にしていたと言って。石には僕の名前が書かれていた。祖母がお守りと言ったとき、僕は祖母のお守りになるんだと思ってうれしかった。

でも、実際にはちがった。祖母が祈っていたのは、自分の健康じゃなくて、僕の健康だった。

あの白くてすべすべの小石。

あの小石は、この河原で拾ったんだ。

足元を見まわす。小石が無数に転がっている。似たような大きさの丸い小石。きっとあの白い小石に似たものも無数にあるんだろう。子どもだった僕は、長い時間をかけてそのなかから自分がいちばんきれいだと思うものを選び出した。

「ありふれてたっていいと思うんだ。たくさんあるバラのひとつでもいいと思うんだ。自分以外のだれかと幸せを分かち合うことができるなら、ありふれたものでも……」

いつか消えてなくなってしまうものだとしても、それは尊く、輝いているんじゃないか。

「遠野先輩」

豊島さんが僕の顔をのぞきこんだ。目がうるんでいる。はっとして口を閉じた。

「ごめん」

そう言ったとたん、目からはらはら涙がこぼれた。

「ごめん、変なことを言ってしまった」

「いえ、大丈夫です。すみません、わたしがここに来ようと言ったから」

豊島さんがうつむく。

「いや、それはちがうんだ。来てよかった。だれかに言われなかったら、いつまでも来なかったと思うから。それに、いっしょに来てくれて……」

言葉に詰まった。

「いっしょに来てくれてよかった。ありがとう」

そう言って、頭をさげる。豊島さんが顔をあげる。目に涙がにじんでいた。

「わたしは……」

豊島さんが言った。

「わたしは、遠野先輩みたいに、大切な人を失うとか、そういう特別な経験はないんです。両親も健在で、なにごともなく生きてきて……。だから、遠野先輩の気持ちも、ちゃんとわかってないんだと思います。でも……」

「そんなことはないよ、きっと。わかるとかわからないとかって、そんなふうに決まるものじゃない」

僕はそう答えた。

しばらくふたりで河原を歩いたあと、住宅地の中を通ってさっきとは別の道に出た。住宅地の入口には、むかしと同じように小さな本屋があった。

この通りにもバスが通っている。所沢に行くバスと、清瀬駅に行くバス。清瀬は東京都だが、ここからだと所沢に行くより、清瀬に出る方が近い。豊島さんは池袋方面に帰るので、清瀬駅行きのバスに乗ることにした。

バスを待つあいだ、豊島さんが三年生だったころの話を聞いた。立花ゼミで安西さんたちとグループを組んで、「街の木の地図」を作ったときのこと。豊島さんはグループ分けの日にたまたまインフルエンザで大学を休み、それまでよく知らなかった安西さんや、草壁くんという男子学生と組むことになった。

「最初は最悪だって思ったんですよ。草壁くんは癖が強いし、安西さんは休みがちの上に口数が少なくて、なにを考えているのかわからなくて。共同制作の成果物は実際に販売して、その売り上げも成績に反映されるんですよ。このメンバーで共同制作するなんて絶望的だ、って」

「え、そうだったの？」

いまの安西さんと豊島さんの関係からは想像もつかない話だった。

「けど、組んでみたら思っていたのと全然ちがってて。安西さんは自己主張しないけど、いろんなことをよく考えてる人なんだってわかって、制作が終わるころにはゼミの中でいちばん親しくなってた。いまもいっしょに浮草をやってるんだから、第一印象なんてあてになりませんよね」

豊島さんが笑った。

バスが来て、乗りこむ。すぐにさっきの柳瀬川を渡る。この川が県境で、ここからは東京都だ。といっても風景はあまり変わらない。建物の合間にときどき農地が見えて、むかしはここもだだっ広い農地だったんだろうな、と思った。

清瀬駅に着き、豊島さんは池袋へ、僕は所沢に行くから、改札を入ったところで別れ、ちがうホームへ降りた。降りるとすぐにのぼりの電車がやってきて、豊島さんは手を振りながら電車に乗った。

所沢に戻り、西武新宿線に乗り換える。窓の外の風景をながめながら、明治、大正、昭和と、このあたりの土地はどんどん姿を変えていったんだろう、と思った。風間の一族はその土地に家を建てる仕事をし続けた。

喜代さんの家やとんからりの建物が頭をよぎる。

喜代さんの家で聞いた、蚕が桑を食べる雨のような音。

とんからりで聞いた、機織り（はたお）の音。

そこで生きた人たちのこと。

マスミさんの写真が頭のなかに広がって、とんとん、からーという音とともに、マスミさんの手が動きはじめる。

機というのは、ああやって動かすのか、と思った。マスミさんは楽しそうに機織りを続け、その糸の一本一本に、物語が宿っているのがわかる。

ああ、あれは、リーフレットのエッセイで書いた、物語の糸じゃないか。繭から採られた糸はこうやってだれかに織られていたのか。だれかの一生の物語が、ほかのだれかの物語と織り合わされて、一枚の布になる。織物とはそういうものだったのか。そう悟ったような気がしたとき、電車が揺れて目が覚めた。

夢だったんだ。そう気づくまで少しかかった。

とんからりの建物での機織りの様子がありありと胸のなかによみがえり、月光荘に戻ったら、これを書きつけたい、と思った。

小説にするか。

ふと、そう思った。豊島さんに言われたことを思い出したのだ。これまでみたいに中途半端な形じゃない、ちゃんとした小説を書いてみよう。書き方はまったくわからないし、長い時間がかかるかもしれないけれど。

それでも、あの世界を綴ってみよう。小説なら、信じてもらえるとかもらえないとか、気にしなくたっていいんだから。

そう心に決めて、窓の外を見る。外はもう暗くなって、家の灯がともりはじめていた。

第二話

光る糸

1

月光荘(げっこうそう)がオープンした年の年末、世界はコロナ禍にはいった。日本でも翌春には緊急事態宣言が出て、あたらしいイベントの企画もたくさんあったが、月光荘もイベントスペースとして客を入れることができなくなった。

島田(しまだ)さんは、こういうときはあせっても仕方がない、世の中が落ち着いて、みんなが安心できるようにならないとイベントを楽しむこともできないから、と言って、しばらく月光荘を閉じることにした。

島田さんからは、これを機会にこれまでのイベントをふりかえり、月光荘の今後の態勢をじっくり考えよう、という提案もあった。

それまではひとつのイベントで不備や問題点が出ても、すぐに次のイベントが控えているため、とりあえずの対応しかできずにいた。そうした点を見直し、イベントを再開するときに備えて、しっかり整えることにしたのだ。

世の中全般にオンラインツールの利用が増え、島田さんとのミーティングもオンラインでおこなうようになった。相談するうちに、これまでのイベントの動画を配信してはどうか、という案が出た。

それまで、月光荘が企画した大きなイベントについては、使い道はわからないがとりあえず記録として動画を録っておく、という方針があり、定点カメラによる簡単なものではあるが、毎回記録を残していた。せっかくだからその動画を配信しようというのだ。

僕自身はそういうことはまったくわからなかったが、もともとIT企業に勤めていた笠原先輩に相談すると、配信の方法を教えてくれた。「紙結び」の神部さんも自分の店の商品の通信販売をはじめることにしたようで、集客のため、オープニングイベントをいっしょにおこなった「紙結び」「昭和の暮らし資料館」とともに配信用のチャンネルを作ろうという話になった。

五月の連休に試しにいくつか流してみたところ、みな出かけることもできず家に閉じこもっているしかなかったからか、見てくれる人も多く、好評を博した。それで、番組を充実させていくことになったのだ。

動画配信の作業はあったが、イベントスペースの運営をしているときよりは時間に余裕ができた。こういうときしかできないだろうという思いもあり、以前から考えていた小説執筆に取り組むことにした。

「とんからり」の一件のあと、豊島さんと所沢に行ったときから考えていたことだった。あの日、家に帰ってからそのとき思い浮かんだことを一気に書き綴りはしたが、小説の形にするほどの時間はなかなか取れずにいた。この機会にそれをしっかりした小説にまとめようと思ったのだ。

正直なところ、コロナ禍がこんなに長引くとは、そのときは思っていなかった。いずれはまた忙しい日々に戻る。だからいまのうちに、とかなり集中して構想を練り、書きあげた。と言っても、はじめて書くものだから、これで良いのか自信が持てない。

少し迷ったが、豊島さんに送って読んでもらうことにした。日ごろから豊島さんが高い文章力を持っていることは知っていたし、所沢に行ったときに話して、自分の作品を豊島さんほど深く読んでくれる人はいないだろう、という確信のようなものがあった。

豊島さんの方も、就職はしたものの仕事はすべてリモートになり、「浮草」の営業もストップしてしまっていたので、時間に余裕があったようだ。さっそく読んで、感想をまとめたものを送ってくれた。

レポート用紙数枚にわたるような長大なもので、最初に、信じられないくらい長くなってしまってすみません、と書かれていた。正直、耳が痛いものも多かったが、作品を理解し、良いものにしようとしてくれているように感じ、きちんと直さなければという気持ちにさせられた。

豊島さんに勧められ、僕は作品を小説の新人賞に応募することにした。出版社が主催するファンタジーの賞で、去年までは長編だけだったのが、今年から短編部門ができたのだという。

短編といっても、原稿用紙百枚から二百枚までということで、それなりの長さがある。いわゆる竜や魔法が出てくるファンタジーではなく、文芸寄りの作品が求められているとのことで、豊島さんはここしかない、と言っていた。

長さはじゅうぶんにあったが、応募するからにはしっかり推敲しなければならない。豊島さんと何度もやりとりして、結局締め切り当日に発送することになった。出し終わったときは、修論を出したときと同じくらい充実感があり、豊島さんと明け方までオンライン飲み会をした。

コロナ禍は予想以上に長引き、川越の町にも人出がなくなった。以前はあれほどいた外国人もひとりも来ない。緊急事態宣言が明けても、町は相変わらずがらんとして、閉まっている店も多かった。夏のイベントもあきらめざるを得なかった。

そのころになると、島田さんもこれは相当長引く、と観念したのだろう、当分イベントはできないという前提で月光荘の運営を考えよう、と言いだした。これまでの動画配信の実績もあったし、こちらも慣れてきたこともあり、オンライン講座の録画をおこなうことにした。

町づくりの会、川越織物研究会、川越歴史研究会、紙結びなどが月光荘の室内を背景に撮影し、オンライン講座をおこなう。リアルイベントと同様にチケットを販売し、客を募った。浮草の読書会や朗読ユニットの「ちょうちょう」の朗読会などもオンラインで開催した。

月光荘にはいれる人数は限られるが、オンライン講座なら制限はない。リアルイベントにくらべてチケット代は低めに設定したけれど、それなりの収益を得られるようになった。

その年の冬、出版社から電話があった。僕の小説が優秀作に選ばれたらしい。一瞬なにが起こったかわからず、これから担当になります、というその編集者に、お世話になります、と形だけのあいさつをして電話を切ってしまった。

受賞した実感が湧いたのは、そのあと豊島さんに連絡したときだった。豊島さんはすぐに、すごいです、と驚きの声をあげ、その声を聞いたとき、ようやく作品が評価されたのだ、と理解した。

豊島さんが安西(あんざい)さんやべんてんちゃん、田辺(たなべ)や木谷(きたに)先生や美里(みさと)さん、笠原先輩など、知り合いに連絡しまくり、さらにべんてんちゃんが川越の人たちにふれまわったおかげで、月光荘にお祝いの花が次々と届いた。

コロナ禍だからだれも来ない。部屋にしずかに祝いの花だけが増えていく。部屋のなかが花畑のようになり、月光荘も、受賞の意味がわかっているのかは不明だが、花がたくさんあることを楽しんでいるようだった。

コロナ禍だから授賞式もなく、僕の小説はただしずかにその出版社が出している雑誌に掲載された。担当編集者はなぜか僕の作品を気に入ってくれたようで、次が書けたら合わせて一冊の本にしたい、と言っていた。

僕としてもなんとか次の作品を、と考えてはみたのだが、なにも思いつかない。とんからりの話は、家とマスミのあいだの恋がテーマだった。恋というのはやはりドラマチックというか、僕が想像した以上に強力なテーマだったらしい。

これまで何度も家の声にまつわる不思議な体験はしたけれど、とんからりほど大きな物語は作れない。それで、途中まで書いては断念する、ということが続いた。担当編集者からのメールにも、これはちょっとのびそうにないですね、とか、小さくまとまってしまいそうですね、と書かれていて、自分には小説を書く力などなかったのではないか、と落ちこんだりもした。

メールの最後には必ず、次に期待します、遠野さんは絶対書けます、という言葉が添えられていたが、社交辞令にしか思えない。豊島さんにこぼすと、売り物を作るんだからあたりまえのことだ、それだけ力を入れてくれているということなんだからしっかりしろ、と励まされた。

月光荘は、二〇二〇年の春以降は完全にオンラインイベントばかりだったが、二〇二二年にはいってからは情勢を見ながら少しずつリアルイベントもおこなうようになった。

浮草も最初の緊急事態宣言のときは休業になった。お父さんが長い闘病の末に他界したこともあり、安西さんは一時実家に戻り、お母さんを手伝って遺品の整理をしていたらしい。ずっと不仲だったいちばん上のお姉さんもお父さんが亡くなったあとはなぜか驚くほど丸くなったと言っていた。

お母さんとお姉さんがうまくやっていけるようになったのを見届けてから、安西さんは浮草に戻ってきた。浮草も時短営業ながら再開し、やがて通常営業に戻った。

豊島さんは以前言っていた専門書の出版社に就職し、浮草に来ることは少なくなったが、新井のリーフレットなど浮草で請け負う編集の仕事はそのまま続けている。

コロナ禍中は「庭の宿・新井」のリーフレットもインタビューがむずかしくなったため、美里さんの季節の野菜だよりや、由香里さんの着物にまつわるコラムなどの連載が中心になった。僕のエッセイも引き続き掲載してもらっている。そのやりとりも一時はほとんどリモートでおこなわれていたが、今年になってからは新井に集まることも増え、インタビュー記事も少しずつ復活してきていた。

　新井も宿としての営業が苦しくなり、個室ランチなどのプランを作ってしのいでいたようだが、少しずつ客足が戻ってきているみたいだ。

　コロナ禍のせいで喜代さんの三回忌はできずに終わった。田辺とも電話やメッセージのやりとりだけで実際に会う機会はなかなか持てずにいたが、今年の夏、久しぶりに川島町の田辺の家を訪れた。

　家には石野もいた。コロナ禍にはいる少し前、田辺はクリスマスに石野を食事に誘い、そこで気持ちを打ち明けたのだと言う。石野の方もなんとなく気配を察していたようで、すんなりつきあうことになったらしい。

　しかし、その後コロナ禍にはいり、田辺は高齢の敏治さんと同居していることもあって、石野とも思うように会えなくなってしまった。だがゲーム好きの石野はオンラインツールにくわしく、田辺にあれこれ教えながら、日々ビデオ通話していたみたいだ。

　石野は調理師学校を出て、川越駅の小さなスペースを借りてお惣菜屋さんをはじめた。そのころは軒並み飲食店が閉店していたので、お弁当がかなり売れていたようだ。

百貨店のアクセサリー売り場で販売職についていた沢口は、百貨店が長期休業となったことでリストラにあった。売り上げの成績は悪くなかったようだが、とにかく従業員の人数を減らさないと会社ごと倒れてしまう、という判断が下されたのだそうだ。

リストラされた直後はかなり意気消沈していたようだったが、忙しくなってきた石野から声をかけられ、店を手伝うことにしたらしい。料理は石野、接客は沢口という役割分担もできてきて、ふたりでけっこう楽しくやっているみたいだ。

その日石野がいたのも単に遊びに来ていたわけではなく、店で使う野菜の受け取りのためだった。石野のお惣菜屋さんでは、敏治さんの作った野菜を使っていた。石野は調理師学校に行きながら車の免許も取っていて、定期的に野菜を取りに来ていたのだ。

——石野、なんか、ちょっとたくましくなったね。

僕がそう言うと、えー、そうかな、と石野は笑った。

——まあ、でもちょっと筋肉ついたんだよ。料理ってけっこう重労働だから。夜はいつもすぐ寝ちゃう。おかげで朝も早く起きられるようになったし。

大学生だったころの石野は身体が弱い印象があり、実際、通学の途中で急に気分が悪くなったりお腹が痛くなったりして電車を降り、そのせいで遅刻するなんてこともよくあった。

――敏治さんは、最近はちょっと疲れやすくなってるみたいで、来られるときは農作業も手伝うようにしてるんだよね。おかげでだいぶ日焼けしたよ。沢口には、もともと色白すぎたからそれくらいでふつうだよ、って笑われたけど。

僕には、石野の肌色の変化はよくわからなかったけれど、全体に健康的になっているように見えた。いまの暮らしが合っているということなのかもしれない。

そのとき敏治さんにも会った。二年以上顔を合わせていなかったからだろう、少し衰えた気がした。身体がひとまわり小さくなり、動きもゆっくりになったように見えた。

十月にはいってすぐ、田辺から電話があった。敏治さんが家の前で転んだのだと言う。

「俺が学校から帰ってきたら、居間で苦しんでて。かなり痛がってて。胸が痛いって。もしかして肋骨(ろっこつ)が折れてるんじゃないかと思って、あわてて病院に連れていったんだ」

「ええっ、骨折？」

驚いて訊(き)いた。

「いや、レントゲンを撮ってもらったら、骨折はしてなかった。腕と胸に痣(あざ)はできてるし、まだ痛むみたいだけど」

「そうか。折れてなくてよかった」

ほっとして、胸をなでおろした。

「いや、ほんとに。高齢だからね。手足はなんともなかったから、とりあえず生活に支障もない。腕があがらないから、着替えとかは少し手伝わないといけないけど」

「たいへんだね」

大学時代の最後は、僕も遠野の祖父の介護に追われていた。大学のある日はヘルパーさんに来てもらうようにしていたが、他人だと頼みにくいこともあったみたいで、僕が帰ってからやらなければならないことも多かった。

「けど、それより困ったことがあって……」

田辺が言い淀(よど)む。

「じいちゃんの部屋にはいって着替えを探したりしてたら、簞笥(たんす)のなかから介護施設の資料が出てきて……」

「介護施設って、高齢者向けの?」

入居を検討していた、ということなのか? それとも、だれかから勧められたのか。

「それで、なんでこんなのを持っているのか訊いたら、入居を考えてる、って」

田辺が言った。

「話を聞くとさ、どうやら転んだのは今回だけじゃないみたいで。畑に出て転んだり、家のなかでも何度か。これまでは心配されると思って、俺には隠してたみたいなんだ」

「それで自信がなくなったってこと？」

「というより俺に迷惑をかけると思ってたみたいで」

田辺の口調には、めずらしく少し苛立ちが感じられた。

「ずっとふたりでばあちゃんの介護をしてきただろう？　だから介護がたいへんだっていうことは痛いほどわかってて。それで、自分のときは、俺に迷惑をかけたくない、って……」

田辺はそこで黙った。敏治さんの気持ちはわからなくもない。喜代さんのときは、敏治さんと田辺のふたりいた。田辺でないとできない力仕事もあったが、昼間、田辺が学校に行っているあいだも敏治さんは家にいる。だからなんとかなっていた。

だが、いまは田辺しかいない。田辺は昼間は仕事がある。心配はかけられないと思って、これまで転んだときも、田辺に隠していたんだろう。

「言いたいことはわかるよ。俺は昼間は学校に行かなくちゃならないし。でもさ、それならそうと先に相談してくれればいいじゃないか。なんでひとりで勝手に施設を探したりするんだろう」

納得がいかない、という口調である。

「前々から、じいちゃんの面倒もちゃんと俺がみる、って言ってるのに。俺ひとりでむずかしくても、母さんや妹もいるんだから」

「でもさ、田辺のところはお母さんも妹さんも働いてるわけで……。毎日だれかが家にいるってわけにはいかない。自由に動けなくなったときのことを考えてるんじゃないのか」

田辺のお母さんも小学校で教えている。学年主任で、学校外の研究会にもいくつか参加しているから、相当忙しいと聞いていた。お姉さんは結婚して家を出て、いまは相手の仕事の都合で遠方にいる。大学生だった妹さんも、二年前に卒業していまは会社員だ。

「そうかもしれないけど。でも、じいちゃんだっていまはまだ元気なんだよ。自分のことはちゃんと自分でできる。このところ何回か転んで自信をなくしてるのかもしれないけどさ、施設にはいるなんて、もっと先でいいだろう？」

答えに詰まった。田辺はそう思っている。いや、そう思いたいということかもしれない。でも、転びやすくなったという事実はある。以前できたことができなくなる。それはたぶん僕たちが想像するより不安なことなのだ。

遠野の祖父母もそうだった。祖母の死後、身体が弱ってきたときに、伯父たちから施設に入居することを勧められていたようだが、プライドの高い祖父はそれをいやがった。不安をひとりで抱えこみ、閉じこもるようになった。

「そもそも畑仕事をしてるくらいで、同じくらいの歳の人にくらべたら、ずっと元気なんだ。今日だって病院で、骨が丈夫ですね、ってほめられてたんだよ。まあ、畑仕事はしばらく休んだ方がいいだろうけど」

田辺がこんなふうに不機嫌を露わにするのはめずらしい。

僕はやんわり、敏治さんともっとよく話し合った方がいい、向こうも言えずにいることがあるかもしれないから、と言った。田辺は、わかった、そうする、と答えていたが、納得していない口調だった。

介護施設の資料を持っていたのも、敏治さん自身が自分の身体の変化を感じているからなのだろう。田辺がそれを認めたくないのもわかる。だが、このままではぶつかってしまうんじゃないか。僕は少し心配になり、田辺が仕事に出ている平日の昼間に様子を見に行ってみることにした。

―― 2 ――

月光荘が休みの火曜日、僕はバスを使って川島町に向かった。

バスを降りてから田畑のなかの道を歩く。ここにはじめて来たときのことや、喜代さんのお葬式のことを思い出したりした。

喜代さんと出会ってから、家の声を聞く力が前よりも高まった。慣れてきたせいだと思っていたが、声があることを信じられるようになったからかもしれない、と気づいた。あのとき、家と喜代さんと三人で話して、家の声はほんとうにあるのだ、とはじめて信じることができた。小さいころからそれが聞こえて、聞こえるのがあたりまえだと思ってはいたが、幻聴ではないか、心の異常ではないか、とおそれる気持ちもあった。

それが変わったのだ。家の声はある、喜代さんにも同じ声が聞こえている。そのことで、それまでひとりきりで背負っていた荷物をおろすことができた。たぶん、それまでは心のなかで家の声をないと思おうとする力が働いていて、蓋をしていたところがあったのだろう。その蓋が外れて、いろんな音が聞こえるようになった。

あの家には、声だけでなく、蚕たちが桑の葉を食べる音が響いていた。僕にははじめは聞こえなかったが、喜代さんは、たくさんの蚕がいっせいに食べるから雨のような音だと言っていた。喜代さんが亡くなって、僕にもその音が聞こえるようになった。たしかに雨のような音だった。

敏治さんの家の前に着くと、その音が外まで漏れ出してきていた。

ざあざあと降る雨のような音。

悲しいような、なつかしいような音。

その音を聞いて、喜代さんはここにいる、と感じた。

家のなかからほかの音は聞こえない。田辺には秘密にしておきたかったので、連絡をせずに来てしまった。敏治さんが出かけてしまっていたらどうしよう、と思いながら呼び鈴を押すと、はいはーい、という敏治さんの声がした。

なかからがたがた音がして、敏治さんが出てきた。

「あれ、遠野さん。どうかしましたか。悟史は学校で……」

不思議そうに僕を見る。

「ええ、知ってます。今日は敏治さんに会いに来たんです」

「わたしに？　そう、まあ、とにかくなかにはいって」

敏治さんは腰をおさえながら、ゆっくりと向きを変えた。怪我したところが痛むのだろう、歩き方もゆっくりしている。

「すまないね、最近ちょっと転んでしまって。身体のあちこちが痛くて、あまり速くは歩けないんだ。情けない話だよ」

敏治さんが申し訳なさそうに笑う。

「いえ、無理はしないでください。こちらこそ、突然お邪魔してすみません」

「それはいいんだよ、だれか来てくれるのはうれしいから」

敏治さんは笑った。廊下を歩いて、台所の横の食卓のある部屋にはいった。

「まあ、座ってください。お茶を淹れますから」

やかんを手に取り、ゆっくりと水道の方に移動する。

「僕がやります。敏治さんこそ座ってください」

「いやいや、いいよ、これくらいはできる」

蛇口をひねり、やかんに水をいれる。

「運びますね」

僕は横からやかんに手を伸ばした。

「すまないね。ほんとに情けない。なんだかいろいろなことができなくなってしまって」

やかんを受け取り、コンロに置いて火をつけた。敏治さんはゆっくり棚の方に移動し、お茶の道具を出す。

最初にここに来たとき、敏治さんは腰を痛めていた。それで買い物を頼まれて、田辺といっしょにスーパーに行った。この家に寄る予定ではなかったが、僕も買い物を手伝い、この家に運んできたのだ。

腰を痛めて重い荷物は持てないようだったが、あのときの敏治さんはまだじゅうぶん元気だった。いたたた、とときどき声をあげながら、いっしょに呉汁を作ったのだ。動き方もいまよりずっときびきびしていた。

その後、一時は田辺から、畑仕事をするようになってじいちゃんも前より体調がいいみたいだと聞いていたが、この数年間で弱ってしまったのだろうか。

——それはいいんだよ、だれか来てくれるのはうれしいから。

さっきの言葉を思い出し、思うように人と会えない暮らしは、高齢者にとってきびしいものだったにちがいない、と胸が詰まった。騒動がはじまったときは、だれもこんなに長引くとは思っていなかったのだろう。いまだけだと思って耐えた。

だが、三年だ。三年は想像以上に長い。僕らは仕事もしなければならないし、制限はあっても人と会う。だが、高齢者や基礎疾患のある人はそうはいかない。オンラインツールを使える人はまだいいが、高齢者のなかには馴染めない人も多いだろう。

やかんからシューシュー音がしたところで、僕は火を止めた。これも、以前田辺は、危ないから電気ケトルに替えたいと言っていた。じいちゃんが火を止めるのを忘れたら怖いから、と。でも、慣れたものの方がいいと敏治さんが拒んだのだ。

「お湯、ここに入れればいいですか?」

敏治さんが出した湯冷し(ゆざまし)を指す。

「うんうん、最初は湯呑み(ゆのみ)に入れてもらえるかな。あとはわたしがやるから」

そう言われて、湯呑みふたつにお湯を注いだ。敏治さんはしばらく待って、そのお湯をさらに湯冷しに移す。そういえば、敏治さんはいつもこうやってお茶を淹れていたな、と思い出した。喜代さんの介護も続いたし、長いこと自分でお茶を淹れてきたのだと思う。

ざあざあと雨のような音がする。今日は家はしゃべらない。僕が敏治さんと話しているからだろうか。

敏治さんが湯呑みにお茶を注ぐ。

「この数年、ずっとたいへんでしたよね」

敏治さんの手を見ながらそう言った。

「そうだねえ」

敏治さんは笑った。

「年寄りは自分の身のまわりのことをしてるだけでどんどん時間が経っていくから、そんなに長くは感じなかったけどね。若い人は辛いよなあ。子どもさんも」

べんてんちゃんから、最初は小学校もだいぶたいへんだったと聞いていた。コロナ禍にはいって入学してきた子たちは、いつもマスクをしているせいで、まだあまりお互いの顔をちゃんと見ていないんじゃないか、とも。

「わたしは恵まれてる方だと思うよ。悟史もいるし、ときどき石野さんも野菜を取りに来る。畑も手伝ってくれてね。そんなに会話はできないが、お店の料理の写真も送ってくれるんだよ。あの野菜がこうなったのか、ってよくわかるし。いい娘さんだよね」

敏治さんが微笑む。

湯呑みに口をつけ、お茶を一口飲む。敏治さんの淹れるお茶には渋みがまったくない。ほのかな甘みとお茶の香りが口に広がった。

「自分が作っているものが人の役に立っている、っていうのも、やっぱりうれしいんだよねえ。だからがんばってきたけど、最近ちょっと自信がなくなってきた」

はははっと笑った。

「もうそんなに長く続けられないかもしれないなあ。この前もね、荷物を持ちあげようとして、転んで胸を打って」

敏治さんが苦笑いする。

「ええ、田辺から聞きました」

「いや、その荷物だって別にそんなに重いものじゃなかったんだよ。前だったら軽々持てたんだ。だから油断したんだなあ。最近そういうことが多くて」

「骨折してなくて、よかったですね」

「うん。骨折してたらたいへんなことだよ。そしたらまた悟史に迷惑をかける」

「田辺は気をつかわないでほしいって言ってましたが、自分でじゅうぶん動けない状態になったら、ひとりでいるのは心配でしょう」

「そうなんだ。悟史には言えないが、最近はひとりでいるのが怖いと感じることもあってね。夜になれば悟史が帰ってくることはわかっているんだが、昼間はだれもいない。となりの家って言ってもずいぶん遠いし、救急車を呼ぶしかないだろう?」

敏治さんは湯呑みに手を添え、ため息をついた。

「悟史から聞いてるかな。悟史は、わたしの部屋で介護施設の資料を見つけて、えらく怒ってしまって。わたしが相談もなしにそんなものを取り寄せたから、仕方がないことなんだけどね」

敏治さんはしょんぼりそう言った。

「ええ。田辺から聞きました」

　僕がそう言うと、敏治さんははっと僕の顔を見た。

「もしかして、遠野さん、それで心配して来てくれたんですか。遠野さんにまで迷惑をかけてしまった。申し訳ない」

　敏治さんが頭をさげる。

「いえいえ、そうじゃないんです。田辺の気持ちもわかるんですが、きっと敏治さん自身が不安なんだろうな、と思って。でも、田辺にうまく伝えられなくて。僕自身が気になったから、来てみたんです」

「ありがとう。悟史は、自分がちゃんと面倒も見るし、まだ施設にはいるのは早いって。でも、そこは別に病院じゃないんですよ。施設内でほかの入居者との交流もあるし、はいれば楽しいこともあるって、入居されてる方からも聞きました」

　敏治さんは何度かその施設でおこなわれているデイサービスに参加し、入居者からいろいろ話を聞いていたらしい。

「なにより、そこにいればいつも施設の人がいるわけで、安心でしょう？　自由はなくなるだろうけど、ここにいるかぎり、ずっと悟史に頼ることになる。時間も取らせてしまうし、悟史の自由を奪ってしまう。石野さんと結婚するときだって……」

敏治さんはそこまで言って言葉を呑んだ。

そうだったのか、と思った。敏治さんは、自分が田辺と石野の交際の妨げになることを気にしてるんだ。ふたりが結婚するなんて話はまだ聞いていないが、結婚となれば、どこに住むかが問題になる。敏治さんをどうするか、という話にもなるだろう。

「それで施設に入居したいと思ったんですか」

「まあ、それもある」

敏治さんは渋い顔でうなずいた。

「でも、ふたりのあいだでまだ結婚の話までは出てないんじゃないですか？　僕も聞いたことがないし、石野もいまはお惣菜屋さんの仕事に打ちこんでると思いますし」

「わたしらのころとは時代もちがうからねえ。石野さんも仕事が楽しいんだろうし、それはいいことだと思ってるよ。でも、あれほど悟史に合う娘さんはいないと思うんだ。だから、わたしのせいでご縁を逃すようなことになったら……」

「それは大丈夫ですよ。田辺のことだから、ちゃんと考えてると思います」

「そうか。そうかもしれない」

敏治さんはじっとうつむいた。

「けど、むしろ、敏治さん自身がここに昼間ひとりでいるのが不安、ということを、田辺にわかってもらった方がいいと思います」

僕がそう言うと、敏治さんは顔をあげて、僕を見た。

「わたし自身が……」

敏治さんは遠慮深い性格だ。もともと入り婿で、喜代さんが病気がちだったこともあるだろう。自分がこうしたいということをあまり言わないんだ、と田辺が言っていた。

——相手に気をつかって、自分のしたいことをはっきり言わないんだよ。遠慮してるつもりなんだろうけど、こっちからしたら、いちいちじいちゃんの考えを読み取らなければならない。それが当たっていても、本人にとって都合の悪いことだと不機嫌になることもあるし。かえってややこしいから、はっきり言ってくれた方が助かるんだけどな。

いつだったか、そんなふうにぼやいていた。

「まだまだ自分でできる、っていう気持ちもあるんですよ。施設にはいるとなればそのお金もかかるし。まあ、資料を見た感じ、それくらいは自分の蓄えでなんとかなるとは思ってるんですが……。わたしだって、もう少しがんばりたい気持ちはある。でも、不安もある。悟史もきっと、わたしが衰えてきていることはわかってると思うんです」

「認めたくないんですよね」

僕がそう言うと、敏治さんはうなずいた。

「田辺は、喜代さんのときもそうでした。喜代さんが弱っていくのを見ているのが辛いって。田辺は人一倍、そういう気持ちが強いんだと思います」

ここにはじめて来たとき、車のなかで田辺と話したことを思い出した。あのとき田辺は、喜代さんを自分の子ども時代の思い出の象徴と言っていた。子ども時代の楽しかったことはみんなこの家とつながっていて、喜代さんが弱っていくことは、その思い出が消えていくようだと。

——悲しい、とか、さびしい、とかとはちがうんだよ。ただ、なくなっていくことに耐えられない。

田辺の言葉を思い出し、ふと、もし敏治さんが施設にはいることになったら、この家はどうなるのだろう、と思った。

敏治さんがいないなら、田辺はもうこの家に住む必要がない。この家は田辺にとって大切な思い出につながっているし、勤め先にも近い。敏治さんもたまには帰ってきたいだろうし、すぐに処分されるようなことはないだろう。

でも、そのあと、田辺が石野と結婚することになったら?

新居がここというのは、さすがにちょっと考えにくい。とんからりのことを思い出し、そうなったらここも取り壊されることになるのか、と気づいた。

喜代さんがいる場所。あの声が宿っている場所。ざあざあと蚕が桑の葉を食べる音が響き、棟木に僕の曽祖父の名前が記された家。

この家が、なくなる？

「どうかしましたか？」

敏治さんが心配そうに僕を見た。動揺が顔に出てしまっていたのだろう。

「いえ、すみません、ちょっと喜代さんのことを思い出して……」

僕はあわててごまかした。

「遠野さんは喜代とずいぶん仲良くしてくれてましたからね。亡くなる前に遠野さんが来てくれたときは、すごく喜んでましたよ」

敏治さんがなつかしそうに笑う。

「この家にいると、喜代がまだここにいるような気がして、さびしさは全然感じないんです。ずっとこの場所にいたいし、喜代のためにもこの家を守りたいと思っていた」

敏治さんは深くため息をついた。

「でももう潮時なのかな、とも思うんですよ」

その声の響きに胸を突かれた。

「自分がこの家を出たら、もう家を処分した方がいいんじゃないか、ってね」

「え？」

「家を処分するっていうのは、なかなかたいへんなことですよ。売却先も探さないといけないし。あとに残ったものに、その処理を押しつけるのはちょっとね。だから、わたしが元気なうちに、全部片づけておきたい気がして」

「でも、たとえ施設にはいったとしても、たまにはここに帰ってきたいと思うかもしれませんよ。それに田辺はこの家を心のよりどころにしていると思いますし」

「うん、そうだな」

敏治さんは天井を見あげる。

「でもね、悟史も前を向くべきだと思うんですよ」

敏治さんは上を見たままそう言った。

「悟史はやさしい子ですからね。ずっと年寄りといっしょに暮らしてたせいで、古いものを捨てられない。でも、これからはもっと別のものを守るべきだと思うんですよ。わたしじゃなくて、もっと未来があるものを」

田辺がこれから築く家族、という意味なのだろうか。

「古いものがなくなるのはさびしいことですよ。でも、人は前に進まないといけない。心を鬼にして、自分のなかの弱い部分を捨てなくちゃならないときもあると思うんです」

自分のなかの弱い部分……？

敏治さんは、田辺が敏治さんや喜代さんを慕うのは、田辺が幼少時の記憶にしがみついているからだと思っているのか。

僕は田辺を強い人間だと思っていた。僕よりずっと強く、人を率いることもできる。世の中とうまくやっている。でも、もしかしたら、それはこの家があるからかもしれない。田辺の心が安定しているように見えるのは、いつでもここに帰ってこられると思っているから。

でも、だとしたら、ここがなくなったら田辺はどうなるんだろう。

――そもそも畑仕事をしてるくらいで、同じくらいの歳の人にくらべたら、ずっと元気なんだ。今日だって病院で、骨が丈夫ですね、ってほめられてたんだよ。まあ、畑仕事はしばらく休んだ方がいいだろうけど。

この前、田辺はそう言っていた。田辺は、敏治さんが、喜代さんが生きていたころの状態だと思っている。いや、ほんとうはそうじゃないとわかっているのに、そうであってほしいと思っている。ずっとあのころの暮らしを続けたいと思っている。この家にしがみついている。だとしたら、敏治さんの言った通りだということだ。

「娘たちには施設のことを少し相談しているんですよ。悟史の母親にもね」

田辺はそんなことは言っていなかった。知らないということなのか？

「もうこの家を背負いこむのはやめるように悟史に言ってくれって、何度も頼んだ。だから、母親からも言われているんだと思う。でも、聞く耳なしだ」

僕には言わなかっただけなのか。田辺の気持ちはわかる気がする。この家がなくなるというのは、ひとつの魂がなくなるということだ。

田辺は僕が家と話せるのを知っている。喜代さんが亡くなったあと、打ち明けたからだ。田辺は喜代さんにそのことを告げ、喜代さんも家と話すことができることを知った。喜代さんは亡くなる前に、家のなかのひとつになる、と言っていた。田辺からしたら、この家を手放すというのは、喜代さんを手放すということだ。

「僕にとってもこの家は特別な家なので、田辺の気持ちは少しわかります」

「そうか。たしかに、ここは遠野さんのご先祖さまが建てた家でもあるもんなあ」

あの棟木を見たときには、不思議な縁を感じた。そのことは敏治さんもよく知っている。

「まあ、わたしもどこかが悪いと言われたわけじゃないんだし、家のことはもう少しあとで考えればいいことなのかもしれない。体調のことで不安が募って、考えが先走ってしまいました。最近は耳鳴りもするし」

「耳鳴り？」

「そうなんですよ。ときどきね、ざあざあと雨みたいな音が聞こえるときがあって」

「雨みたいな……?」

思わず息をのんだ。

それは耳鳴りじゃなくて、家の音なんじゃないか。

「でも、不思議といやな気持ちにはならないんです。雨みたいな音が聞こえるのは寝る前で、その音が聞こえたときは、なぜか喜代の夢を見る」

敏治さんが少し笑った。

喜代さんの夢を……。心がざわざわした。

「夢のなかの喜代は立って歩いていて、ちっとも苦しそうじゃないんですよ。ひとりでさびしくないか、って訊くと、晴れ晴れした顔で、全然さびしくない、みんながいるから、って。わたしなんていなくてもいいんだ、って言ったら、そうねえ、って笑ってさ。ひどいよなあ」

もしかしたら、敏治さんが見ているのは、喜代さんや僕が見たのと同じ、白い世界の夢なんじゃないか。

「まあ、でも、そういう夢を見るようになったのは、半年くらい前からですよ。それまでは、夢になんて一度も出てこなかった」

「そうなんですか」

「うん。あっちの生活に慣れるんで忙しかったのかなあ。時間が経って、わたしのことを思い出してくれたのかもしれませんね」

敏治さんが含み笑いをする。

「わざわざ夢に出てきてそう言うくらいだから、まだしばらくこっちでがんばれってことなんでしょう。なんだか弱気になって思いつめてしまったけど、もうちょっとできる気がしてきました。この家のことも、なにかもっといい方法があるかもしれないし」

少しあかるい表情になって、そう言った。

その日は田辺が帰宅する前に出るつもりだった。帰る間際、少しだけ敏治さんが席を外したので、家に話しかけてみた。

「モリヒト」

家が答える。以前はよく僕のことをまちがえて守章と呼んでいたけれど、さすがに覚えてくれたみたいだ。それとも、それもまた喜代さんの力によるものなのだろうか。

「ゲンキカ」

「おかげさまで」

考えてみれば、この家と話すのも数年ぶりということだ。この前来たときはずっと石野や敏治さんがいたから、家に話しかける機会がなかった。久しぶりだと思ったが、この家ほど長く存在していると、三年など短いものなのかもしれない。

家は、敏治さんがここを処分しようとしているのを知っているのだろうか。もし知っているとしたら、どう思っているのだろうか。そのことが気になったが、どう訊いたらいいかわからずにいるうちに敏治さんが戻ってきてしまった。

「マタナ」

玄関に立った僕に、家はそう言った。

ざあざあと雨のような音がして、僕はひそっと、また来るね、と答えた。

3

田辺と敏治さんのことは気にかかっていたが、その後しばらく田辺から連絡もなく、うまくいっているのかな、となんとなく思っていた。敏治さんの体調がいいなら、施設のことも家の処分のことも急いで考える必要はない。

ところが、十一月にはいってすぐ、田辺からメッセージがきた。敏治さんがまた転んだらしい。今回は左足を骨折してしまったという。ちょうど打ち合わせを終えたところだったので、あわてて電話をかけると、田辺はすぐに出た。

「大丈夫なのか？」

「うん、まあ、骨折は足だけですんだ。頭も打ってるから脳のCTも撮ったけど、とりあえず異常はないみたいだ。でも、しばらくは入院になるらしい。救急車に運ばれて、川越の旧市街に近い病院だよ」

　田辺が病院の名前を言った。一番街の北にあるわりと大きな病院らしい。骨折している上、CTを撮る必要もあったので、設備の整ったその病院に運ばれたのだそうだ。

「どこで転んだの？」

「家の前だよ。買い物に行こうとして外に出て、よろけたみたいで。それで側溝に足を取られて、落ちたんだ」

「ええっ、側溝に？」

　田辺の家の前にはたしかに側溝があった。蓋がなく、溝が剝き出しになっているところもあって、けっこう深かったのを思い出した。

「うん。危ないところだった。近くに車止め用のコンクリートのブロックもあるから、あれに頭を打ちつけてたら、と思うとぞっとしたよ。溝は今度なんとかして蓋をしようと思うけど……」

「骨折って、どんな感じなの？」

「足首が完全に折れちゃってるらしい。入院は二週間くらいだけど、その後もしばらくは車椅子(くるまいす)になると思う」

「車椅子……」

「俺、そのときちょうど部活で、職員室にうっかり携帯を忘れちゃってたんだよね」

田辺が落ちこんだ声で言う。田辺は剣道部の顧問をしている。部活のときは運動着に着替えると言っていた。

「じいちゃんは転んですぐ僕に電話したみたいなんだけど、だから気づかなかったんだ。それで救急車を呼んだみたいで。母さんにも電話してたから、病院には母さんの方が先に着いた」

救急車を呼ぶしかない、と言っていた敏治さんの顔を思い出す。

「母さんともだいぶ相談したんだ。母さんはさ、退院したあと、しばらくはじいちゃんをあの家に戻せないって。バリアフリーとかまったく考えられてないしさ。車椅子では生活できない」

二階にあがるのはしばらくあきらめるとしても、一階にもあちらこちらに小さな段がある。車椅子を押したことがあるから知っている。小さくても段は段で、車椅子では進めない。

「でも、じゃあ、どうすんだ、ってなって。ふじみ野の家はマンションの一室だからね、狭い分、まだマシなんじゃないか、って言うんだ。昼間は母さんも妹も家にいられないし、当面ヘルパーさんを雇うとして」

「敏治さんはなんて言ってるんだ？」

「慣れた自分の家に帰りたい気持ちはあるみたいだけど、やっぱり無理かな、って。今回のことは相当怖かったみたいで、かなり弱気になってる。俺も、自分がいないときにじいちゃんが階段から落ちたりしたらどうしよう、って思うと……」

田辺もはじめて本気で不安になったみたいだ。

「それに、今回のことでわかった。じいちゃんが俺が思ってたより弱ってるんだなって」

田辺がため息をつく。

「この前、遠野にも言われたんだよな」

そこまで言って、口ごもった。

「母さんは言うんだよ、俺が、元気なころのじいちゃんのイメージにとらわれてるんじゃないか、って。そのままであってほしいという気持ちはわかるけど、実際にはちがうんだよ、って」

　敏治さんは田辺のお母さんにも相談していると言っていたが、お母さんの方もこれまでは田辺にはっきりと伝えていなかったのかもしれない。お母さんが話そうとしても取り合わなかったとか。この前僕と話したときのことを思い出しても、そんな気がした。

「俺は、じいちゃんを助けるために同居してる、って思ってた。ばあちゃんが生きてたころもそうだよ。じいちゃん、ばあちゃんが弱ってるから、俺が助けるんだって。でも、ちがったんだ。俺はいまでもじいちゃんに頼ってる。だから、じいちゃんが弱っていることを認められないんだ。自分にとってそれが都合の悪いことだから……」

「まあ、そんなに自分を責めるなよ」

「ばあちゃんの介護のときだって、じいちゃんひとりじゃなんともならないから、って思ってた。買い物でも食事の支度でもなんでもやってるつもりだった。でも、あのとき人を頼らずにできたのは、じいちゃんがいつも家にいたからなんだ。俺が学校に行っているあいだ、じいちゃんが家にいたから。でも、今回は」

　田辺はそこでいったん言葉を止める。

「俺がいないあいだ、あの家でじいちゃんはひとりきりなんだ。その不安をよくわかっていなかった」

田辺は相当落ちこんでいるみたいだ。

「病院を出てから母さんと話したんだ。ある程度までふじみ野のマンションで暮らす。俺の部屋があいてるから、じいちゃんにはそこを使ってもらう。俺まで帰っちゃうと場所が狭くなるから、俺は平日は川島町の家で過ごす。家や農作物の世話もあるしね」

「うん」

「けど、そのあとはやっぱり施設にはいった方がいいんじゃないか、って。俺も、そうするしかないのかな、とも思うんだけど……」

田辺は言い淀んだ。

「ほんとにそれでいいのか、判断がつかないんだ。それに、この前、施設のことではじいちゃんとケンカになっちゃって、まだそのことについて俺も謝ってなかったし」

「すぐには決められないよな。田辺はあの家で何年も敏治さんと暮らしてきて、それが変わるわけだから」

「俺のことより、まずじいちゃんがね。じいちゃんは、ずっとあの家で暮らしてきた。ばあちゃんと結婚したときから、もう七十年近くだよ。ほかのところに住んだことなんてない。旅行だって、畳の旅館なら大丈夫だけど、ホテルは落ち着かないからいやだ、って言ってたし」

「ああいう施設はたいてい洋室だろうからね」

「母さんは、別に病気で入院するわけじゃない、別の楽しみもあるかも、って。母さんの同僚にも、親が施設にはいっている人がいるらしくて。みんなでゲームしたりカラオケしたり、楽しくやってる人もいるみたいだから、一度試してみても、って言うんだよ。じいちゃんはデイサービスでも施設の人と仲良くやってるみたいだし」

田辺がこんなに迷うとは。でも、たしかにこれは大きな決断だ。

「じいちゃんはさ、けっこう頑固なところがあるんだよ。一度決めたら、曲げないようなところが。そのくせ、絶対に自分からは主張しないんだ。前にも話しただろ？」

「うん、だからまわりが気持ちを察してやらなくちゃいけないんだって」

「ばあちゃんがいたころは、ばあちゃんの身体にさわるから、ケンカするわけにもいかないし、お互い気持ちをのみこんできたところもあったんだよね。でも、ばあちゃんがいなくなってからは、ふたりだけだろ？　おたがいに譲れなくて、ケンカになることもけっこうあったんだよ」

「そうなの？」

「とくにコロナ禍はさ、俺も家にいる時間が増えたから。じいちゃんは農作業したりしてわりと自己完結してるタイプだから、ふだんはいいんだ。けどときどきあるんだよ。自分がこうしたい、って言わずに、お前にとってそっちの方がいいんじゃないか、みたいな言い方をするときがさ。度重なるとカチンとくるんだよ。それで……」

田辺はそこで言葉を止めた。

「じいちゃんの世話は、じいちゃんのことをいちばんわかってる俺がやるのがいい、なんて思ってたけど、とんでもないな。俺が見てたのは、自分にとって都合のいいじいちゃんで、実際のところ、なんもわかってなかった。教師が専門職なのと同じように、介護も専門職なんだ。その人たちにまかせた方がじいちゃんにとってもいいのかもしれない」

「まあ、だからさ。そんなに自分を責めるなよ」

僕は言った。

「ごめん。遠野にこんなこと愚痴(ぐち)っても、仕方がないよな」

「時とともに人はどんどん変わっていくから、どこかで考えを変えたり、決断しなくちゃならなくなる。そのポイントの見極めってすごくむずかしいことだと思うから。ほんとにいい道をこれから考えればいいことじゃないか。自分にはできない、って、投げ出す方がよくないよ」

「そうか、そうだよな」

そう言って、田辺はじっと黙った。

「田辺はさびしいんだよな。あの家でのこれまでの暮らしを続けていきたい。その気持ちは、よくわかるよ」

「うん。でもそれは俺の甘えだから」

弱々しい口調だった。これは相当落ちこんでるな、と思った。

「敏治さんが退院したら、僕もお見舞いに行くよ」

「え、いいよ。忙しいだろう？」

「大丈夫だよ。月光荘は九時五時の仕事じゃないし、土日は無理だけど、平日の夕方とかなら、日によっては自由になる」

「ほんとに？　遠野が来てくれたら、正直助かるよ。じいちゃんとふたりで話すと、またケンカになっちゃうかもしれないし」

「うん、わかったよ」

あの家や喜代さんと出会えたことは、僕にとっても大きな救いだった。だから、少しでも役に立てたら、と思った。

4

二週間後、敏治さんは退院し、ふじみ野の家に行った。田辺の都合を訊き、木曜の夕方にふじみ野に見舞いに行くことになった。その日は夜、川越歴史研究会の人たちのオンラインイベントのサポートをすることになっていた。夜のイベントは七時から。六時半までに月光荘に戻ればいい。

田辺の方はその日は部活もないので、四時半には帰れると言っていた。

敏治さんは足を骨折しただけで、食欲はじゅうぶんにあるし、食事にも制限がないらしいから、なにかお見舞いを持っていこうと思った。果物などは早く食べないと傷(いた)んでしまうかもしれないし、日持ちのするものの方がいいだろう。

少し考えて、前に敏治さんがおいしいと言っていた、「豆の家(まめや)」の和三盆(わさんぼん)を持っていくことにした。「豆の家」は、菓子屋横丁(かしやよこちょう)の近くにある珈琲豆(コーヒーまめ)のお店である。店主の佐久間(さくま)さんが継いだ古民家を改装した、珈琲豆の焙煎(ばいせん)の専門店だ。

コロナ禍になって、豆の家も喫茶スペースを閉じていた時期もあったが、珈琲豆や和三盆の販売で店は営業していて、僕は何度も豆を買いにいった。客足が落ちてしまったからオンラインショップもはじめたんだ、と佐久間さんから聞いていた。

豆の家に行くと、喫茶スペースもにぎわっていた。もちろんまだ感染症対策は続いているが、出かけることにも、人と会うことにも罪悪感を持つことはなくなってきている。

和三盆を選び、レジに持っていくと、藤村さんがいた。お見舞い用だと言うと、きれいな色の薄紙で包み、水引で結んでくれた。珈琲を焙煎するいい匂いが漂ってきて、カウンターの奥を見ると、佐久間さんが作業しているのが見えた。

せっかくだから、自分の分の珈琲豆も焙煎してもらおう。ガラスケースのなかの豆を見ながら、藤村さんにおすすめを訊く。

「そうですね、いつもの豆のほかに、変わったところではこのあたりかな」

藤村さんが豆を指す。

「こちらは佐久間のおすすめの、ずっしり重い味わいの豆です。そちらはもう少し軽やかで、ふわっと木の実のような香りが立つ感じ。どちらも期間限定です」

「じゃあ、その木の実のような香りの豆にしようかな」

「わかりました。焙煎しますから、少しお待ちください」

「そしたら、珈琲一杯いただきます。こっちの重い方の豆で」

僕はそう言って、喫茶スペースの椅子に座った。

木曜日、お見舞いの和三盆を持ち、月光荘を出た。

駅までの道を歩きながら、この前敏治さんと話したことを思い出していた。敏治さんは最近喜代さんの夢を見るようになったと言っていた。雨の音のような耳鳴りが聞こえる、とも。それは家の出している音なんだろうか。

敏治さんはこれまで家の声を聞く力はなかったはずだ。だが、喜代さんがいなくなったことで、心の状態が変わったということなのだろうか。それとも、亡くなった喜代さんの力で、敏治さんも声が聞こえるようになったのか。

聞こえなかった人が、聞こえるようになることもあるのか。家の声のことはわからないことばかりだ。もちろん、敏治さんに聞こえているのはただの耳鳴りかもしれないし、喜代さんの夢も偶然なのかもしれないが。

ふじみ野に着き、田辺の家のあるマンションに向かった。インターフォンを押すと、敏治さんが出た。田辺はまだ来ていないらしい。玄関をあけますから、はいってください、と言われた。

部屋のある階までエレベーターでのぼり、玄関の前に立つ。なかからドアが開いて、ヘルパーさんが部屋に入れてくれた。敏治さんはダイニングの椅子に座っていた。

「いや、ほんと情けないね。遠野さんとあんな話をしたばかりなのに」

敏治さんが苦笑いする。

「たいへんでしたね」

「まあねえ。あのときはもうダメか、と思ったよ。悟史に言われたことを守って、携帯を持っていたから助かった」

「側溝に落ちたとか」

「落ちた、っていうかね。歩きはじめたとたんふらっときて、身体がよろけたんだ。体勢を立て直すために足を踏ん張ろうとして、溝に足を突っこんでしまって。それで完全にバランスを崩して転んでしまった。変なふうに倒れたから、そのとき足首もねじってしまったんだな」

「それは怖かったですね」

「そうだね。空がぐるんとまわったからね。なにが起こったのかわからなくて、しばらくそのまま空を見あげてた。起きないと、と思ったけど、足は激痛だし、身体にも力がはいらないし。これはもうダメだ、って思って、パニックになった。そしたら、地面に落ちてた携帯が見えて」

「手の届くところにあってよかったですね」

「そうそう。上着のポケットに入れてたんだけど、転んだときに滑り落ちたんだろう。ガラスは割れてたけど、壊れてはいないみたいだったから、あわてて悟史に電話した。でも、出ないんだ。それで仕方なく、救急に電話して」

「すぐに来てくれたんですか」

「十分くらいは待った。あれで雨が降ってたりしたら、辛かっただろうなあ。晴れが続いてたから、溝も乾いてたし。まあ、そういう意味では運が良かったのかもしれない」

敏治さんは笑った。

「とにかく、来てくれてありがとうな」

「ええ、近いですし。そうだ、お見舞いにこれ持ってきたんです」

僕はカバンから豆の家の和三盆を出した。

「ああ、これは前にもらった和三盆。うれしいね。悟史が来たら、お茶を淹れてもらおう」

敏治さんがにっこり笑う。

「しばらく車椅子って言われてね。身体がなまってしまいそうで、いやなんだが」

「あせらない方がいいですよ。さらに転んだらたいへんですから」

「そうだね」

敏治さんは情けない、という顔で笑った。

「こうなってみて、やっぱりあの家を離れたくない、と思ったよ。みんなに迷惑をかけないために施設を探したりしてたけど、帰れないと思うと、やっぱりね」

敏治さんが息を吐く。

「田辺も言ってました。敏治さんはずっとあの家に住んでいた。あの家以外を知らないし、畳じゃないところで暮らせるのか、って」

「古い家だから、不便なところもたくさんあるよ。冬は寒いし、階段は急だし。施設にはいれば楽になるのかな、と思ってたけど。こうなってみて、ようやく悟史の言ってたこともわかったよ。長く住んだ家は身体の一部みたいなもんだから」

「そうですよね」

「どこに行ったたって、いつかはあの家に帰れる、って思ってたからね。帰れないんだと思うと、それはやっぱり耐えられない。あの家にいれば、喜代といつもいっしょにいられる気がしてたしね」

敏治さんはまた大きく息をついた。

「でもねえ、それでもやっぱり、もう移らないといけないんだな、って思ったんだ。これじゃあ、昌代（まさよ）も悟史も落ち着いて仕事ができない。わたしはもうじゅうぶんあの家で暮らした。どこに行っても、あの家をすべて思い出せる。だから、もう……」

敏治さんは窓の外の空を見る。

「じいちゃん」

玄関の方から田辺の声がした。

「ああ、遠野ももう来てたんだね」

部屋にはいってきた田辺が言う。

「うん、少し前に」

「ごめん。ちょっと生徒から質問があって、なかなか出られなかった」

「悟史、遠野さんがお菓子を持ってきてくれたんだ。あとでお茶淹れてくれるか」

「わかった。あ、これはじいちゃんの好きなやつ。豆の家の和三盆、おいしいよね」

包みを見た田辺が言った。

「そう。敏治さんが好きだったのを思い出して」

「ありがとう。佐久間さんや藤村さんは元気？」

「うん、元気だった。これを買ったとき、珈琲も買ったんだ」

あのとき、木の実の香りがするという豆の方を選んだ。だが、焙煎を待つあいだに飲んだ、重い味わいの方の豆も、やはり抜群においしかった。一瞬、こちらも焙煎してもらおうかとも思ったが、また買いに来ればいい、と思ってやめた。木の実の香りの方の豆も、月光荘に帰ってから淹れてみたが、身体に染み入るような香りがして、あれから毎朝飲んでいる。

ヘルパーさんはちょうど帰る時間だったようで、田辺と入れ違いに部屋を出ていった。田辺は荷物を置くと、すぐに台所に立った。僕も手伝おうかと言ったが、じいちゃんと話していてくれ、と言われた。

田辺がお茶を淹れ、和三盆の箱をあける。品のいい包みを開いて、敏治さんはうれしそうに和三盆を口に運んだ。

「ああ、おいしいねえ。こういうものを食べると、やっぱり生きててよかった、と思う」

「だよなあ」

田辺もうなずいた。

「あのな、悟史」

お茶を一口飲んだあと、敏治さんがゆっくり口を開いた。

「さっき、遠野さんとも話してたんだ。お前が言ってた通りだよ。入院して、あの家に帰れなくなってみると、やっぱりあの家が恋しい。自分の一部、というか、自分があの家の一部だな、って思う」

敏治さんはそう言って、じっと田辺の目を見た。田辺は黙ってうなずいた。

「いまもあの家に帰りたいし、ずっとあの家に住んでいたいよ。でも、今回のことで、やっぱりそれは無理なんだな、って思った」

「じいちゃん」

田辺が身を乗り出す。

「軽い気持ちじゃないんだよ」

敏治さんがきっぱりした口調で言った。田辺がはっと黙る。

「辛いし、さびしいんだ。ずっと生きてきた家だからね。いつだってあそこに帰れると思ってきた。そこを出るんだ。辛いことなのは、自分でもちゃんとわかってる。それでも、もうそうしないとやっていけない、って思ってるんだ」

敏治さんが言った。田辺はしばらくじっと黙っていた。

「じいちゃん、俺も悪かったと思ってる。そうだよな。じいちゃんがちゃんと考えてるんだってことは、わかってたつもりなんだ。でも、俺は、あの家でのじいちゃんとの暮らしが好きで、それがなくなると思うと……」

そう言ってうつむいた。

「俺が子どもだったんだよ。じいちゃんのこと、ちゃんと考えてなかった。甘えてたんだ。

だから、今回もこんなことに」

「いや、そんなことない。悟史はわたしが知らない場所でやっていけるのか、心配してくれてたんだよな。ほんとはわたしだって自信がない」

敏治さんが笑った。

「だからね、ちゃんと調べて、いいところを探そうと思うんだ。それを手伝ってくれ」

そう言われて、田辺は敏治さんの顔をじっと見た。

「わかったよ」

田辺がうなずく。

「あとな。わたしの行き先が決まったら、お前もあの家に縛られることはないんだぞ」

「でも、俺はあの家が好きで……」

「それはわかってるよ。すぐに家を処分しろとか、そういうことじゃないんだ。ただ、無理をしてくれるなってこと。仕事だけでもたいへんだし……」

敏治さんはそこで黙った。ほんとは石野のことも言いたかったのだろうが、そんな話をするのは早すぎると思ったんだろう。

「でも、学校から近いし便利ではあるから。それは母さんとも相談するよ」

「うん。そうしてくれ」

敏治さんはおだやかにそう言った。

しばらくよもやま話をしたあと、田辺とふたり、外に出た。田辺は今日はこの家で夕食をとり、そのあと川島町に帰るつもりらしい。

「遠野、ありがとう。忙しいのに来てくれて」

「いや、いいよ。うまく話ができて、よかったな」

「うん。やっぱり、人がいてくれるとね」

田辺が笑った。

「ちょっと話したいんだけど、このあと仕事があるんだよな？」

田辺が言った。

「うん、イベントの手伝いをしないといけないんだ。七時からだから、六時半ごろまでに月光荘に戻っていれば大丈夫なんだけど」

時計を見ると五時半だった。

「じゃあ、車で送ろうか。そうすれば車のなかで話ができるし」

「いいのか？」

「うん。どうせ夕食の買い物には行かなくちゃいけないし、母さんもそろそろ帰ってくるから」

　そう言われて、甘えることにした。田辺が家に戻って敏治さんに断わったあと、駐車場に行き、車に乗った。

「あの家のこと、母さんもじいちゃんも処分することを考えてるみたいなんだけどね。もうだいぶ傷んでるし、住むには不便だし。でも、なんか俺は納得できなくて」

　車が走りだすとすぐ、田辺がそう言った。

「田辺をあの家に縛るのはよくないと思っているんだね」

「うん、それはわかってる。でもさ……」

　田辺は少し語尾を濁す。

「あの家には、まだばあちゃんがいるんだろ？」

　しばらく黙ったあとに、ぼそっとそう言った。

　僕は思わず息をのんだ。

「葬式のとき、遠野、言ったよな。家が、喜代はここにいるって言ってたって」

「うん」

「俺には聞こえないけど、あの家にはまだばあちゃんの魂が残ってる、ってことだよね」

　田辺が言った。

「そこは僕もはっきりとは言えない。家の声は家そのものの声で、喜代さん自身の声が聞こえるわけじゃないんだ。喜代さんと話せるわけでもない」

僕は答えた。

「家の声がなんなのか、僕にもよくわからない。喜代さんは、死んだら自分も声たちのいる世界に行くと思っていた。たしかに、家はそれまでその家に住んでいた人たちの声や、その家でしていた音を発することがある。でも、それは木霊(こだま)のようなもので、そこに亡くなった人の魂があるのか、と言われたら、わからない」

「うん」

田辺がうなずく。

「家の声には、それとはまたちがった人格みたいなものがあるような気がする。ただ、それはもしかしたら、家にいた人やあったものの総体みたいなものなのかもしれない。だとしたら、その声のなかに喜代さんも混ざっているといえるのかもしれないし」

「遠野自身はどうなんだ？　あの家に、いまもばあちゃんがいる、って思うか？」

田辺に訊かれ、少し迷った。

「いる、と思う」

僕は答えた。

「やっぱり」

「家のなかに喜代さんの気配が残ってる、とか、僕たちの心のなかに残っている、とかそういうこととはちがうと思うんだよ。喜代さん自身と話せるわけじゃないんだけど」

「うん。だとしたら、ばあちゃんが宿っているかもしれない家を壊すわけにはいかないんだよ」

　田辺が言った。

「家が残っていればさ、もしかしたらいつか自分にも家の声が聞こえるようになるかもしれない、なんてことも思うんだ」

「え？」

「そういうものじゃない、っていうのは、わかってるつもりだよ。けど、絶対にないとは言いきれないだろう？　俺だって、家と話せるようになるかもしれない。そしたら、ばあちゃんと直接話せなくても、家からばあちゃんのことを聞くことができるかも、って」

　田辺は少し笑った。

「じいちゃんはさ、未来を見ろって言うんだよ。過去に縛られるのはよくないし、ばあちゃんもそれは喜ばない、って。それもわかるんだ。あの家にばあちゃんの魂が残ってる、っていうのだって、俺がそう思いたいだけなのかもしれない。でもさ、宿ってないとは言えないだろう。だとしたら壊せない、って思ってしまうんだ」

田辺は一気にそう言った。

「うん、わかるよ」

「とんからり」のことが頭をよぎった。長く生きてきた家だった。あのあと一度墓参りの帰りに立ち寄ってみたが、取り壊されて建設予定地として柵で囲われていた。

あの「とんとん、からー」という音は、もうこの世に存在しなくなってしまったのだろうか。家は満足していたみたいだったけど。

「月光荘にも、声がするんだよね？」

田辺が訊いてくる。

「するよ。なんでだろうね、古い家なのに、月光荘の声は子どもみたいなんだ」

「へえ。子ども？　男の子、女の子？」

「うーん、口調からすると男の子。自分のことを『僕』って言うし。でもそれは、僕の言葉を真似てるからかも。家の声に性別ってあるのかな。よくわからない」

「人間の理屈で理解できるものじゃないんだろうな」

田辺はそう言って息をついた。

「母さんも、じいちゃんが亡くなるまでは家は残しておいた方がいいんじゃないか、って言ってる。家があればときどき帰れるしね。でも、だれも住まなくなったら家もすぐに朽ちてしまうだろう？　俺が住み続けて、手入れしないと」

古い家はすぐに自然に戻ってしまおうとする。そうやって、自然に死んでいくのかもしれない。人や生きものと同じように。

「まあね。俺がどうしても住み続けたい、って言えば、だれも強く反対はしないだろう。その先のことは、あとで考えればいいんだよな」

田辺は自分に言い聞かせるようにそう言った。

5

十一月の終わりに田辺から連絡があった。田辺のお母さんが同僚から評判のいい施設の話を聞いてきたらしい。

いわゆるサービス付き高齢者向け住宅で、ふじみ野の駅からも近く、ケアスタッフもいて、クリニックもついている。賃貸型で、入居時の一時金もいらない。いまは空きがないが、近々ほかに移る人がいるらしく、そのあとならはいれると言われたらしい。

敏治さんもいっしょに見学に行き、ここなら、という話になったのだそうだ。田辺によれば、設備もいいし、マンションから徒歩数分だから、すぐに会いに行ける。本人も気に入っているようなので、空きが出たら入居することになりそうだ、ということだった。

——それで、とりあえず俺は川島町の家に住み続けることにしたんだ。

この前の電話で田辺はそう言っていた。

——平日は川島町の家に寝泊まりして、週末はふじみ野に帰る。じいちゃんも、週末はマンションに呼んでもいいし、本人が望むなら、川島町の家に連れてきたっていいんだ。

そう考えたら、少し気が楽になった。

いい具合に話が進んでいるようで、話を聞いて僕もほっとした。

——母さんも、最初はあの家をどうするか決めなくちゃいけないと思ってあせってたみたいでさ。代々受け継いできた家だし、処分するか、貸すか、どちらにしてもひとりでは決められない。伯母さんたちとも相談しないといけないけど、みんな遠方だからね。でも、別にいま決めなくてもいいんだ、って気づいたみたいで。

——そうか。そうだよね。

——俺が住んでれば、家が荒れることとか、防犯のことも考えなくてもいいし。

——いまは敏治さんの身体のことだけでもたいへんだからね。

——遠野にもいろいろ心配かけちゃってごめん。

──いや、それは気にしなくていいよ。僕もだいぶお世話になってるんだから。

田辺は敏治さんの入居が決まったらまた連絡する、と言って電話を切った。

その翌週の土曜日、月光荘で新井の美里さんと、実家の農園で無農薬野菜作りに取り組む陽菜さんのトークイベントがあった。地産地消やスローフードをテーマとしたもので、陽菜さんの農園で採れた野菜の直売会もあった。

料亭だった新井を改築して「庭の宿・新井」という宿泊施設にしてからずっと、新井では朝食だけを提供し、夕食は基本外でとってもらう、という方針で営業を続けてきた。美里さんは健康的な食を目指し、朝食は陽菜さんの育てた野菜を材料に、美里さん自身が調理をおこなっていた。

だが、夕食は品数も多くなるし、美里さんだけではどうにもならない。料亭だったころの料理人たちはみな引退しているし、料亭としての歴史を持っているだけに生半可なことはできない。美里さんは、新井の経営が軌道に乗り、新井らしい夕食がどういうものか方向がまとまってから、と考えていたようだった。

だがその後コロナ禍にはいり、夕食の提供自体がむずかしくなったこともあって、その件はさらに先延ばしになった。今年にはいって客足が戻りはじめたこともあり、ようやくまた相談がはじまったのだそうだ。

朝食と同じように、やはり中心となるのは陽菜さんの農園の野菜。陽菜さんの無農薬野菜作りも少しスタッフが増え、作れる野菜の数も種類も増えてきているそうで、それを使った旬の料理を中心にしていくらしい。

旅館というと和食のイメージがあるが、それにとらわれず、洋の料理の要素も取り入れたい、という考えもあって、フレンチやイタリアンのシェフに来てもらうことも考えているのだそうだ。

そして、実現はまだ先になりそうだが、昼間実際に陽菜さんの農園を訪ねてもらい、農業体験などをしてもらった上で、そこで採れた野菜を使った料理を提供するなど、体験と食をつなげたプランも考えているらしかった。

陽菜さんの野菜の栽培に関する話も写真をスライドショーに編集した充実したもので、一度みんなで収穫体験に行ったときのことを思い出しながら、日ごろこれだけの努力をしているのか、とうならされた。

客席には石野と沢口も来ていた。彼女たちが営む惣菜屋「原っぱのキッチン」は、敏治さんと陽菜さんから仕入れた野菜をメインに使っている。石野は敏治さんの畑だけでなく、陽菜さんの農園にも通っていて、農業についても学びはじめているらしい。

トークが終わってお客さんたちが帰りはじめたとき、僕はふたりに話しかけた。

「お店の方はどう？　うまくいってる？」

「うん、ぼちぼちだよ。最初は、在宅勤務の人が減ったらお惣菜屋さんに来る人もいなくなるかな、と思ってたけど、そうでもなかった」

石野が言った。

「リモートの人もまだまだけっこういるんだよね。前みたいに毎日通うわけじゃなくて、家でできるときは家でもいい、っていう会社も多いみたいで。それに、お弁当を買って会社で食べる人とか、午前中だけパートの人が帰りに買ってく、とか」

沢口が例をあげる。もともと接客業だった沢口は、客との会話に慣れている。相手の情報をそれとなく聞き出し、くりかえし来てもらうような工夫をしているみたいだった。

「ただね、この前、敏治さんが怪我しちゃったでしょう？」

石野が言った。

「施設にはいることも決まったし、敏治さんの畑ではもうしばらく野菜は作れないよね。もしかして、それで困ってる？」

僕が訊くと、石野は首を横にふった。

「陽菜さんの農園から仕入れる分を増やしたから、それは大丈夫。けど、せっかく育てた野菜がかわいそうで。だから、田辺に朝晩の水やりだけしてもらって、お店が休みの日に畑の世話に行ってるんだ」

石野が答えた。

「そうだったのか。知らなかった」

「いろいろ教わっておいてよかったよ。ある程度は世話もできて、そのときまでに育てて
た分は収穫もできたし。あたらしい種をまくことはできないけど」

「じゃあ、あの畑は、だんだん空っぽになってく、ってことか」

僕がはじめてあの家に行ったとき、畑は空っぽだった。敏治さんが歳を取って、畑仕事をやめてしまったからだ。だが、僕たちが陽菜さんの農園で農業体験したあとあの家に寄って畑の話をしたのをきっかけに、敏治さんはもう一度畑仕事をはじめた。

喜代さんが亡くなったあと、敏治さんは、畑を再開してよかった、と言っていた。畑仕事が気分転換になる。どんなに気持ちがふさいでも、やらなければならないことがあれば身体が動くから、と。生きものを育てる、食べものを作る仕事だということも、前を向くことにつながったみたいだ。

——畑に出てると作業で頭がいっぱいで、あれこれ思い悩まなくなるからね。

敏治さんが笑ってそう言った。

――いろいろあってもなあ。畑に出ていると、生きてるんだから、と思うんだよ。

そうやって笑えるのはいいことだと思っていた。コロナ禍にはいっても続けられる仕事だったのもよかった。習いごとや趣味の会合だったら、コロナで中断されていただろう。石野たちが惣菜屋をはじめ、敏治さんの畑の作物を使うようになったこともあり、敏治さんの畑は少しずつ作物も増えていったみたいだ。この夏に久しぶりに行ったとき、こんなにたくさん育てているんだ、と驚いた。

葉が青々と茂り、さまざまな作物が実っていた。あれがまた空っぽになってしまうのだと思うと、少しさびしい。家だけの話ではないんだな、と思った。といって、田辺も平日の昼間は学校の仕事があるわけで、畑の世話までは手がまわらないだろう。

「でね、わたしたちでちょっと考えたことがあって……」

沢口が石野と顔を見合わせ、そう言った。

「これはまだ田辺にも相談してないことなんだけどね」

石野はそう切りだした。

「敏治さんが施設に入居されるでしょう？　田辺はまだあの家に住み続けるって言ってたけど、あの家の一部を借りて、カフェができないかな、って」

「カフェ？　そういえば石野、陽菜さんの農園に行ったあとで、そんなこと言ってたね」

僕は言った。

「そうそう、あのときは『体験農園プラス古民家レストラン』って言ってたんだよね。何時間か農作業を体験しただけだったし、はじめる前は虫を怖がってたいへんだったのに、またずいぶん気が大きくなったなあ、って思ったけど」

沢口が笑った。たしか沢口は、素敵だけど実際に運営するのはたいへんだろう、と言っていた。交通の便もよくないし、周りになにもないから、集客に苦労するのではないかと。

「まあ、あれは単なる思いつきだったんだけどさ……」

石野が不本意そうな顔になる。

あのときは、敏治さんには、観光客の来るところじゃない、田辺には、農業は重労働だから生半可な気持ちではできない、ってたしなめられていた。

——それはわかってるんだけど……。でも、なんかそういう夢があれば、わたしもがんばれるような気がして……。

あのとき石野がそう言っていたのを思い出した。

夢か……。

「ここ数年間、石野はほんとにがんばったよな」

あのころよりずいぶんとたくましくなった石野の顔を見ながらそう言った。

「え、そうかな？」

石野がきょとんとした顔になる。

「いや、それはわたしもそう思うよ。正直、お惣菜屋さんをはじめるって言いだしたときは、できると思わなかったもん」

沢口も言った。

「いや、まあ、わたしだけじゃ無理だったと思うよ。沢口が接客を担当してくれたからできたようなもので」

石野が戸惑ったような顔になる。

「ううん。会社をリストラされたとき、わたし、頭が完全にフリーズしちゃって。なんで自分がこんなことに、ってことにばかりとらわれて、どうしたらいいかわからなくなってた。状況的に接客業全体が無理な感じだったし、自分にできることなんてなにもないんじゃないか、って」

大学生だったころから、沢口はなんでもそつなくこなす器用なタイプだった。以前就職活動のことで話していたとき、沢口は、自分は別に器用なわけじゃなくて、最初から自分にできると思うことしか選んでないから、と言っていた。

——失敗するのが好きじゃないの。効率が悪いし、気分も落ちこむでしょう。だから高校時代、自分の得手不得手を正確に見極めるように努力した。自分に不得意なことでやっていけるほど世の中甘くないしね。憧れより適性の方が大事だって。

沢口はゼミのなかでだれよりも早く就活をスタートさせた。いろいろな会社のインターンシップに参加し、適性があると思った接客業のなかで、自分がどの企業に向いているか徹底的に考え、入社試験を受けた。一社内定が取れても、さらに条件がよい会社を受け、結局第一希望の会社に就職したのだ。

みんな沢口の完璧さに舌を巻いたし、沢口は社会に出てもうまくいくと思っていた。そして実際、うまくいっていたのだ。コロナ禍にはいるまでは。沢口がリストラされたことを知ったとき、田辺は沢口が折れてしまうのではないかとひどく心配していた。

「家族からはしばらく仕事を休んだらって言われたけど、挫折感が半端なくて。仕方がないことだってわかってたけど、惨めで、投げやりになってた。最初、石野ちゃんから声をかけられたときも、馬鹿にするな、っていう気持ちもあったんだけど。でも、相手が石野ちゃんだったからね。ほかに仕事もないし、とりあえず手伝ってやるか、と思って」

沢口がため息をつく。

「ごめんね、変な言い方して。でも、それがそのときの本心。けど、いっしょに働きはじめて、石野ちゃんが料理だけじゃなくて経理のこととかもしっかり勉強してるのがわかって、はっとしたんだ。これはちゃんと手伝わないと、って思った。ちゃんと接すればくりかえし来てくれるお客さんもいたし、なんかできる気がしてきて。いまは、はじめてよかった、って思ってる」

沢口が石野を見る。

「いやいや、わたしもただ必死だっただけで」

石野は両手を大袈裟（おおげさ）にふり、困ったように笑った。

「前のわたしだったら、いまのお惣菜屋さんを守るので精一杯なんだから、別のことには手を出さない方がいい、って言ったと思う。でも、こんなに条件がそろうことなんてない気もした。古民家カフェを作りたいと思ったって、ふつうは古民家を探すところからのスタートでしょ？　そう簡単に見つかるものじゃない。それが、古民家も農園も目の前にあるんだから」

沢口が言った。

「まだ借りられるって決まったわけじゃないよ。あそこは敏治さんたちの家なんだし、勝手にこっちがカフェにしたいって思ってるだけ。さっきも言ったけど、まだ田辺にも話してないし。許可してくれるかわからないから……」

石野は自信のない顔になった。

「そこは頼んでみるしかないでしょ。せっかく持ち主が知り合いなんだから」

「そうなんだけど……。でも、田辺たちにとっては大事な家なんだよ。しかも代々続いてきた家なんでしょう？　お店にしちゃっていいのかな」

石野は田辺の気持ちを知っているから、気をつかっているのかもしれない。

「それはわたしたちが決めることじゃない、っていうか、まずは田辺に伝えてみないと」

沢口はそう言ったが、石野の返事は煮えきらないものだった。

「田辺がどう思うかは言ってみないとわからない。僕もそう思うよ」

そう言って石野を見た。

「島田さんは月光荘に住んでたってわけじゃないけど、イベントスペースとして使われることに積極的だし。敏治さんも、だれも住まなくなるよりその方がいいって感じるかもしれない」

「それは、そうかも」

石野は迷いながらそう言った。

「それに、石野の当初のアイディアでは、レストランにするのはいま使われてない蔵の方だったんじゃないか？　それなら、家に手をつけなくていいだろう？」

「うーん、飲食店を営業するためには条件を満たす厨房を作らないといけないんだよね。

蔵にはそこまでのスペースはないから、母家のキッチンを改装しないといけないと思う」

　石野が答えた。

「でも、それならお客さんが家にはいってくることはないんじゃないか」

「そうだね」

「貸してくれるかどうかは、敏治さんと田辺の判断だから。石野があれこれ想像しても仕方がないところがあるよね。けど、それより問題は資金じゃないか。改装するにも宣伝するにもお金はかかるわけで」

「そうなんだよね。こういうのってどれだけお金をかけたかで店の見栄えも変わるし、宣伝だって出来がだいぶちがうから」

　沢口が言った。

「宣伝も大事だよね。あそこは電車の便もないし、川越の町なかみたいに人出もない。周囲にもなにもない。遠山記念館くらいだよね、観光資源は」

「うーん、でも、周囲になにもないのって、そんなにマイナスかな。コロナ前のことだけど、島田さんに連れて行ってもらった古民家蕎麦懐石の店も、駅から遠いし、まわりはなにもないところだった」

　とんからりのことを思い出しながら、僕は言った。

「そもそもあそこに農園の印象があるのは、あの家に畑があるってだけじゃなくて、周辺に田畑が広がってるからだろう？　川越の町なかにあったら、田園風にはならないよ」

「それもそうだね。別に交通の便がなくてもいいのか」

沢口が言った。

「こういうのは、わざわざその雰囲気を楽しみに来るものだから、あの風景があるだけでいいんじゃないかな」

僕は石野を見た。

「でも、そういう不便な場所に足を運んでもらうには、それでも行きたいって思わせるなにかが必要だと思うんだよね。遠野くんが言ってる店は、蕎麦懐石だったたんでしょ？　つまり、それなりに立派な料理が出る店。それなら時間をかけてわざわざ車で、ってこともあるかもしれない。カフェだけじゃ、わざわざ来る人はいない気がする」

石野が言った。

「たしかに」

沢口が腕組みした。

「敏治さんの作った畑をちゃんとたがやして、そこで採れた野菜を使ったメニューを作ったり、体験農園を作ってお客さんに自分で収穫してもらうとか、そういうことができたら、って思う。でもそのためには、農園にもカフェにももっとスタッフも必要だし、そうしたらもっと人件費もかかるし……」

石野が課題を数えあげる。

「やっぱりそんなに簡単じゃないか」

沢口の言葉に、僕は少し笑ってしまった。

「え、なんで笑うの？」

沢口が僕に言った。

「いや、なんか、前は石野が思いつきで言ったことに沢口がストップをかけてたのに、立場が逆転してるな、と思って」

「あ、ああ……。それはそうかも」

沢口が苦笑いする。

「けど、この数年でわたしもちょっと考え方が変わったのかも」

「そうなの？」

石野が訊いた。

「前は自分が得意なことを選ぶ、そうでないと世の中では通用しない、って思ってたんだけど」

「ああ、憧れより適性、って言ってたよね」

僕は言った。

「うん。けど、それだけでもダメなんだな、って思うようになった。自分ができると思うことをやってればそれなりにこなせるけど、世の中渡っていくためには、できないと思うこともやらないといけない。適性は大事だけど、挑戦も大事だな、って」

「なるほどー」

石野が目を丸くする。

「で、挑戦のためには、憧れもやっぱ必要なのかな、って。適性って言ったって、たかだか学生が自分の知ってる範囲で考えたことだからね。別のところに伸び代があるってこともある。石野ちゃんを見てて感じたことだよ。だって、最初に川島町の家に行ったとき、石野ちゃんの料理のできなさって、すごかったもん」

「だから、それは……」

石野の顔が赤くなった。

「わかってるって。そのとき苦手に見えても、やりたいと思ったことがいちばん向いてる、ってこともある。そう思った、っていうこと」

沢口が笑った。

「じゃあ、田辺に訊いてみようか」

　ややあって、石野が言った。

「ずっと住み続けてきた家を出るってたいへんなことだよ。しかも高齢者だからね。子どもが成長して家を巣立つっていうのとはわけがちがう。うちも母方の祖母が亡くなったあと、祖父ひとりでは生活できないから施設にはいることになって、家も処分したんだよね。そしたら、根っこが切れたみたいになって、あっという間に亡くなってしまった」

「そうだったんだ」

　沢口が言った。

「施設で元気に活動する人もいるみたいだけどね。入居する時期の問題もあるし、本人の気の持ちようもあるのかもね。うちの祖父の場合は、もう帰るところがない、って言って、かなりふさいでしまっていたから……」

　石野が息をつく。

「喜代さんが亡くなったことも相当辛かったみたいだし、敏治さんはあの家に対する思い入れも強い気がする。人って、家に根っこをのばして生きてるようなとこがあるでしょ」

「家に根っこ……？」

　沢口が目を丸くした。

「変?」

　石野が訊き返す。

「ううん。いや、変ではあるんだけど、なんというか、その喩え、わかる気がする。若いうちは家なんて寝泊まりするだけ、みたいな感覚があるけど、お年寄りはとくに」

　家に根っこをのばす。僕も少しわかる気がした。若いころは動物的な部分が強いのだろう。身体ひとつでどこででも生きていける気がしている。だが歳を重ねるごとに植物に近づいていく。自分のいる場所に根をのばし、広がり、家と分かちがたくなる。

「田辺も敏治さんやあの家にすごく思い入れがあるでしょう? あの家にいっしょに住んでるのも、最初は義務感だと思ってたけど、だんだんちがうんだな、ってわかってきた」

「まあ、田辺は強いんだけど、まっすぐすぎるところがあるからねえ」

　沢口が言った。

「まっすぐすぎる?」

　僕は訊いた。

「心が広くて、責任感があって、まわりへの目配りも効く。わたしなんかとてもかなわない、って思うんだけど、ズルとか手抜きとかができないタイプでしょう? やった方がいいことは、ちょっと無理してでもやる。人一倍体力も精神力もあるからそれでもなんとかなるんだろうけど、荷物を手放すってことができない」

沢口が言った。

「そう。田辺のお母さんも似たようなこと言ってた。でもあの家は、敏治さんのためにとっておきたいというだけじゃないんだよね。田辺にとってほんとに大事な場所なんだよ。自分のためにとっておきたいんだ。捨てられない毛布やぬいぐるみに近い感覚？」

石野が笑った。

「けど、それは人にとってすごく大事なことだから、奪っちゃいけないと思うんだ」

「そうか……」

沢口が驚いたように石野を見た。

「うちは親が効率優先だったからね。子どものころ作ったものとか、大事にしてるものもどんどん捨てられて、そのときは泣きわめいたけど、だんだんそういうもんだと思うようになった。だから最初は、田辺や石野ちゃん見てるといらいらした。ひとつひとつちゃんと考えて、まわりの人の考えてることを大事にして。そういうの、鬱陶しいよね、って」

沢口が石野から目をそらす。

「でも、大事なことだよね。世の中では大事にされないことだから、身近な人が大事にしてやんないといけないいんだよね」

自分に言い聞かせるような口調でつぶやいた。

「だからさ、あの家を使いたいなんて言えないな、って思ってたんだよ。けど、訊いてみる。タイミングをみてだから、すぐに、とは言えないけど」

石野はきっぱりとそう言った。

6

二週間後、田辺から連絡があった。敏治さんが施設に入居したと言う。ほかに移る予定だった人が少し早めに部屋を出ることになり、いま契約しないとほかの人にはいられてしまうかもしれないということもあったようだ。

「だれかついていれば外出は自由だし、先週末もふじみ野に泊まったんだよ。お正月はこっちに連れてくるつもりなんだ。母さんたちもいっしょに、ここで正月のお祝いをする」

「そうか、よかった」

「石野も呼ぶことになってるんだ。じいちゃんの畑、石野がちょっとだけ世話してくれて、収穫したものを何度かふじみ野にも持ってきてくれた。それで、じいちゃんも母さんもすごく喜んで、お礼をしたいって言ってさ」

石野が、朝晩の水やりだけ田辺に頼んで休みの日に手入れに行っている、と言っていたのを思い出した。

「それと石野が、ここで古民家カフェをやりたいって言ってて……。遠野も知ってたんだろ？　石野が言ってた。美里さんたちのイベントのあとに遠野とその話をした、って」

「うん、聞いてる。そうか、石野、ちゃんと話したんだな」

「ちゃんと？　どういう意味だ？」

「いや、石野はだいぶ気にしてたから。敏治さんにとっても田辺にとっても、そこは大事な家だから、店にしたいとは言い出しにくい、って」

「なんで？　逆だよ。じいちゃんもすごく喜んでたよ」

田辺の声はあかるかった。

「ほんとに？」

「じいちゃんはこの家がどうなるかすごく気にしてて、そうやってだれかが活用してくれるならなによりだ、って。俺自身もそうだよ。ほかの人にまかせるとなったら覚悟がいるけど、石野と沢口なら安心できる。ただ……」

田辺はそこで言葉をとめた。

「実現するとなったらたいへんだよね。改築費用もかかるし、はじめたとしてもお客さんが来てくれるのかどうか。飲食店は材料の管理がむずかしいだろう？　なにしろ食材だから長くもたないものも多い。だから、最初はあくまでもカフェで、保存のきくお茶やコーヒーみたいなものだけにして、食べものの提供はお店がちゃんと知られるようになってからがいいのかな、って」

「もうけっこう具体的な話になってるんだな」

「石野はそういうところ、現実的だからね」

田辺は笑った。

「石野は、お店は蔵だけ、母家には厨房だけ、って言ってて……。蔵は何年か前に修繕して、建物はしっかりしてるって診断されてるからね。なかにあるものを整理して、内装を整えれば使えるとは思うんだけど。でも、ある程度の工事は必要だろうし、厨房も専門家にまかせるしかないわけで」

「厨房って、なにか特別なものが必要なの？」

「保健所の許可を取るために必要なものがいくつかあるって石野が……。そのあたりのことは学校で習ったみたいだ。いま家にあるもののなかにもそのまま使えるものもあるし、中古で手にはいるかもしれない、って」

「そうなのか。そこまで調べてるなら、実現するのも夢じゃなさそうだね」

「まあね。でも、まずは資金だよ。それから改装をどこに頼むか。いまは単なる蔵だからね。お店っぽくするためには建築士にデザインしてもらわないと無理だろう」

「そうだね。月光荘や豆の家は真山さんにしてもらったけど」

川越には伝統建築に関する規則があり、それに則っていないと補助金が出なかったりする。真山さんならそのあたりにくわしく、そうした施工のできる職人の手配もできる。

「真山さんのデザインはかっこいいよね。川越らしさもあるし、隙がない。でもさすがに高そうだし……」

「そうだね。費用はかなりかかるみたいだ。島田さんも佐久間さんもそう言ってた。ただ、伝統工法をちゃんと守るなら、真山さんくらいくわしい人じゃないと職人の伝手もないみたいで……」

そこまで言ったとき、ゆきくんの顔が浮かんだ。

「ゆきくんはどうかな？」

「遠野のはとこの？　ああ、そういえば親戚の営む工務店で働いてるとか」

親戚といっても少し遠いので説明するとややこしくなるが、僕の曽祖父である風間守章には三人の息子がいた。長男が幸守。次男は病死し、三男が僕の祖父である守正。幸守も守正も大工で、幸守は狭山、守正は所沢で工務店を営んでいた。幸守の長男が幸久で、幸守の工務店を継いだ。ゆきくんは、幸守の次男、幸弘の息子だ。

「そう。リフォーム専門の工務店で、水回りだけとか、壁の塗装だけとかの依頼も受けてくれるんだ。それに、ゆきくんは古い建物の再利用にも興味を持っていて」

最初はゆきくんが手がけた霞ヶ関の角栄商店街のカフェに行ったのだ。そこはゆきくんの母方の祖父母が住んでいた店舗付き住宅で、かつては布団店だった。一階の店舗は閉店して久しく、二階に住んでいた祖母もゆきくんの家に越して、空き家になっていた。

ゆきくんはその店舗付き住宅を改築し、一階をカフェに、二階をコミュニティスペースにした。それから昭和期に建てられた住宅を改築して店にする仕事を頼まれるようになり、店舗への改造も何度か請け負っている。

「田辺の家のこともね、真山さんから風間守章が建てた家だと聞いて、いつか見に行きたいって言ってたんだ。コロナでなかなか機会を持てなかったけど」

「ああ、前に言ってたね」

結局ゆきくんを田辺に引き合わせる前にコロナ禍にはいって、その話も立ち消えになってしまっていた。

「ゆきくんが請け負ったなかには、あんまり予算がないから、水回りとか電気系統だけ業者に頼んで、壁や床を塗ったり張ったりするのは自分たちでやります、っていう事例もけっこうあるみたいなんだよ。資材の販売は手伝うし、指導もするけど、そうすれば工賃を節約できることもある、って言ってた。厳密に伝統工法を守るなら真山さんみたいな専門家に頼むしかないけど、そうじゃないなら……」

「なるほど。それはうってつけというか、ぴったりすぎるくらいぴったりで、鳥肌が立ったよ。考えたら、この家は風間守章が建てたものなんだし、風間家に改築を頼めるなら、それ以上はない気がする」

田辺が言った。

「ほんとに？　よかった」

自分でも話していてびっくりした。突然思いついたことであるが、信じられないようなめぐりあわせだ。

「じゃあさ、このこと、敏治さんや石野と相談してみて。みんなが賛成するなら、僕からゆきくんに連絡してみる。資金のことはあるだろうけど、そもそもどれくらいかかるのかわからないと、予算の立てようもないだろ？」

「たしかに。わかったよ。じゃあ、石野と沢口、それからじいちゃんと母さんに相談してみる。意見がまとまったら連絡するから」

田辺はそう言って、電話を切った。

十二月下旬、田辺から連絡がきた。施工をゆきくんに頼む件は全員の同意が取れたらしい。店にすることについては、いちおう田辺のお母さんの姉妹にも相談し、許可を得ることができたのだそうだ。

僕はクリスマスの次の日にゆきくんに連絡し、川島町の家のことを話した。

「つまり、守章が建てた家を改築してお店にする、その設計を俺が請け負う、ってこと?」

ゆきくんは興奮した口調で言った。

「僕が守章の名前が書かれた棟木を見つけたのは母家だからね。蔵の方は守章が建てたっていう記録はないんだけど。でも、建てた時期は同じみたいだから、守章が建てた可能性は高いんじゃないかな」

「そうか。それはすごい」

「あと、資金のこともあるし、すぐに頼めるかはまだわからないみたいなんだけど。ゆきくんはどう思う?」

「やりたいよ。決まってるじゃないか。こっちのスケジュール的にもすぐに実際の工事をはじめられるわけじゃないけど。お店となると、設計の前にじっくり相談しないといけないからね。使い勝手もあるし、どういうイメージにするのか、とか」

「ああ、そうだよね」

たしか、豆の家のときもそうだった。佐久間さんの話を聞いて真山さんがいくつか案を出して、そこからまた相談を重ねてあの形になったんだ。

「カフェを開きたいって言ってるふたりもまだ思いつきの段階で、あの立地でほんとにお店が成り立つのか、迷ってるみたいなんだ」

「これまでにもいくつかカフェを手がけてきたからわかるよ。店を出すとなったら大きな話だし。せっかく建てても全然お客さんが来なくて閉店する店もたくさんある。川越みたいな町なかならともかく、交通の便の悪いところに人を呼ぶためにはそれなりの工夫が必要だ。お店のコンセプトをしっかりさせて、宣伝方法を考えて。やることはいろいろあるし、お金もかかる」

ゆきくんはお店を改築する際にかかる費用のことをあれこれ教えてくれた。どれくらいのことをするかで費用はかなり変わる。節約する方法もいろいろあると言っていた。

「とにかく、まず一度その建物を見てみたい。前から守章の建てた家に興味があったし、ほんとに依頼するかどうかは、あとでいいから」

「そうだよね」

「年内、どうかな?」

急な話で驚いた。

「え、年内？　もうあと少ししかないけど」

「うん。でも、早く見たいんだ。前から行ってみたかったんだよ。本格的な相談は年が明けてから。いまは家を見せてもらうだけでいい」

「わかった。じゃあ、田辺の都合を訊いてみる」

具体的な相談は年が明けてから、ということは、いまはとりあえず石野たちを呼ぶ必要はなく、田辺が家にいてくれればいい。電話を切ってすぐ、今度は田辺に連絡した。

田辺は学校が冬休みになり、正月まではふじみ野の家に帰ろうかと思っていたようだが、そういうことならいつでも大丈夫だよ、と言った。


日程を調整した結果、ゆきくんが田辺の家に行くのは三十日と決まった。

幸久さんも以前から守章の建てた家に関心を持っていたようで、いっしょに来るという。石野も来ることになった。正月は遠方にある父方の実家に行くことになっていて、ほんとうは三十日の朝に出る予定だったが、石野だけ夜遅れて行くことにしたのだそうだ。

田辺に、自分もその日は川島町の家にいるから、よかったら泊まっていかないか、と誘われた。翌日の大晦日（おおみそか）は、正月の集まりの準備をして、敏治さんを施設に迎えにいく、それでいっしょにこの家で年越しをするのだ、という。僕も、その日はもう月光荘の仕事もないので、久しぶりに田辺のところに泊まることにした。

　当日、石野と僕は昼前に田辺の家に行き、いっしょに昼ごはんを食べながら、カフェについて考えていることを聞いた。石野と沢口は、お惣菜屋さんをはじめてから、いつかお店を出すことを考えて、少しずつ資金を貯めていたらしい。

「両親も、ほんとにお店を出す気なら少し出資してもいい、って言ってくれたんだ。両親としては、前の会社を辞めたときは、これからどうなるんだろう、もうこの子は社会に出られないいんだろうか、って心底心配してたみたいで……」

　石野が笑った。

「お惣菜屋さんをはじめたときも、すぐにやめちゃうんじゃないかってはらはらしてたみたいなんだよね。まあ実際、最初は何度もへこたれそうになったんだけど、沢口が手伝ってくれるようになったおかげで、なんとか……」

「ふたりでやってたのがよかったんだな」

　田辺が言った。

「でもここを改装するとなったら、それじゃとても足りないと思う。改装だけじゃなくて、家具もいるでしょう？」

「そうだね。いまは木材も値上がりしてるって話だし」

僕は言った。この前電話したときにゆきくんが言っていたことだった。昨今の情勢のせいで、いまは建築資材も高騰している。とくに顕著なのは木材で、業界ではウッドショックと呼ばれているらしい。

ゆきくんによれば、コロナ禍の影響で移動制限がかかり、輸送のためのコンテナ生産量も激減した。しかし、自宅にこもる人が増えたせいで、とくにアメリカでは住宅ブームが起こって木材の需要が増大した。そうしたことが重なって、需要と供給のバランスが崩れてしまったのだという。

製材の輸入価格は、前年と比べて二倍以上。それにともない、国産の木材の価格も高騰している。資材にかかるお金が上昇した分、建築費もあがり、木材が確保できないため工事が中止や延期になるケースも増えているのだそうだ。

去年の年末以降、急速な価格上昇は止まったようだが、価格が下がったわけではない。以前にくらべれば高値の状況が続いている。

「最近はなんでも値上がりしてるよね。食べものだって……。お店をはじめるにしても、少し待った方がいいのかも、って気もしてきた」

石野が頭を抱えた。

　幸久さんとゆきくんは午後になってからやってきた。家にはいるとすぐに二階にあがり、廊下のいちばん奥の部屋にはいって、守章の名前の記された棟木を見あげた。

「ほんとうだ。守章の名前がある」

　幸久さんは、ほう、と息をついた。

「となりの鳶頭（とびがしら）の行正（ゆきまさ）さんっていうのは？」

　ゆきくんが訊いた。

「行正さんも一族の人だったはずだよ。前に作ってもらった家系図にも名前があった」

「へえ」

　ゆきくんがうなずいた。

「ありがとうございます。久しぶりに見て、ちょっとうれしかったですよ」

　幸久さんが田辺に言った。

「わたしたちの知るかぎり、守章の建てた家はもうないので」

「そうでしたか。そちらのお宅も建て替えたというお話でしたよね」

　田辺が訊いた。

「ええ、もう何十年も前に、傷んできたので、建て替えてしまったんですよ。当時はまだ守章の建てた家はあちこちにありましたし。でも、建てた家をすべて把握しているわけではないので、ここのように、どこか知らないところに建っていることはあるのかもしれませんが」

僕がむかし住んでいた家も、守章の建てたものだと聞いていた。だが、あれも取り壊されてしまった。

「わたしの家を建て替えたとき、名前の書かれた棟木だけは捨てられず、とっておいたんですよ。だから守章の字を見ることはできるんですが、こうやって建物に記されているのを見るのはほんとうに久しぶりです」

幸久さんは言った。

「守人(もりひと)から聞いた話によると、ここに住んでいたおじいさんは施設にはいられたとか」

「はい。でも、いまは僕が住んでます」

田辺が言った。

「そうですか。いい建物ですよ。わたしどもがあれこれ言えることではないですが、残してもらいたい、という気持ちはあります」

幸久さんが田辺をじっと見た。

「はい、僕もそう思ってます。古くなってきていますし、修繕にかかる費用を考えるとむずかしいところもあります。僕の家というわけではないので、家をこの先どうするかは、祖父も含め、母や伯母たちと相談しないといけないのですが」

「そうですか。たしかに修繕費用はかかりますね。いまの規格品では直せないですし。でも、うちに相談してくれれば、いろいろ考えますよ。完全に最初と同じにするとなるとうないものも多いと思いますが、塗装はいま使われている塗料でいい、ガラスや襖や壁紙はいま出ているものでもいい、ということであれば、ある程度費用もおさえられます」

「ええ、それでいいんです。この建物をそのままの形で保存したいわけじゃなくて、住める形にするのが第一なので……。不便なところは改築してもいいとも思ってます。大切なのは、この家の魂で……」

「魂？」

　幸久さんが首をかしげた。

「あ、いえ、ちょっと変な言い方ですが、この家の核になっている部分を残せればいい、ってことです」

　田辺が恥ずかしそうに笑った。

「ああ、わかりますよ。古い家にいると、そういう気持ちになることがありますよね」

　幸久さんも笑った。

いですから」

「家の魂ね。この家を建てた守章も、ふだんから、家の声が聞こえる、と言っていたみたいですから」

「はい、遠野くんから聞きました」

「家と話せるから、家の不具合がわかる。だから『家の医者』って呼ばれてた、って」

ゆきくんが横から言った。

「わたしもその話はよく聞きましたよ。守章はわたしが中学生のときに亡くなったんですが、小学生のころはその話をよく聞きました。父も叔父たちも、もののたとえのようなものだと思っていたみたいでしたが、当時のわたしは、祖父がほんとに家と話せるんじゃないか、と思うことも多くて……」

幸久さんが笑った。

「でもね、晩年になってから、父が、やっぱり守章にはほんとに聞こえてたのかもしれない、と言ったことがあったんです。守人の祖父の守正さんも似たようなことを言ってましたねえ。とくに守正さんはね、守章の建てた家に住んでたでしょう？　ときどき声が聞こえたような気がするときがあるって」

「そうなんですか？」

僕は驚いて訊いた。

「まあ、ふたりとも半信半疑っていうか、もう歳だから、って笑ってましたけどね」

子どものころ、僕が家の声のことを訊いたとき、祖父は聞こえないよ、と言って笑っていた。でも、ほんとは聞こえたこともあったんだ。もっと食いさがって話を聞いておけばよかった、と思った。

一階に降りてお茶を飲んだあと、田辺と石野がふたりを蔵に案内した。僕も蔵にはいるのははじめてだった。重い扉を開ける。薄暗い空間に、上の方にある窓からの光が差しこんでいた。隅の方にいくつか古い家具が残っていたが、がらんとしていた。

「ものはあんまり残ってないんですね」

ゆきくんが言った。

「ここは十数年前に修繕したんです。老朽化して危ないところもあると言われて、全体に補強工事をしたそうで、耐震の検査も受けています。その工事のためになかにあった不要なものを全部片づけたんです」

田辺が答える。

「きれいですね。そのまま使えそうだ」

幸久さんが建物のなかを見まわしてそう言った。

「補強したのは、ここを片づければ別のことに使えるかも、ということもあったんです。祖父は映画が好きで、ここをホームシアターにできたら、って夢見てたみたいなんですよ」

「え、そうなの？」

石野が訊いた。

「あれ、話さなかったっけ？」

「知らなかった。敏治さんが映画好きっていうのも知らなかったよ」

石野が不満そうな顔になる。

「映画好きって言っても、そんなマニアってわけじゃないよ。ふつうに映画を見にいくのが好きだったってだけ」

「その世代にとっては、映画は大きな娯楽でしたからね」

幸久さんが言った。

「そういえば、うちの祖父母もときどき映画の話をしてたっけ」

石野が宙を見あげる。

「若いころは、ばあちゃんとふたりで映画を見に川越まで出かけたりしてたみたいで」

田辺が言った。

「映画、っていうと、シアター川越とか？」

僕は訊いた。

「当時はほかにもいくつか映画館があったんだよ。いまはシアター川越しか残ってないけど。じいちゃんとばあちゃんじゃ好きな映画がちがったみたいだったけど、むかしはよくふたりで行ってたんだってさ」

「むかしは映画は映画館で見るものでしたよね。わたしたちの若いころにレンタルビデオサービスができて、家で見る人も増えたけど、当時はまだまだテレビも小さかったし、映画館にはかなわなかった。シネコンができて、映画館もずいぶん変わったけど」

幸久さんが言った。

「そうですね、わたしたちは映画っていうとシネコンですけど……」

「最近は家で見る人も増えたよね。コロナで外出できない期間が続いたりで。映画館で見るよさっていうのはあると思うんだけど」

ゆきくんが言った。

「祖父は映画館が好きだったんですよ。家のテレビ画面で見るのだと味気ない、でもここにホームシアターを作れば、って。蔵は壁が厚いから母家より遮音性もあるでしょう？それで、将来使うことを考えて、しっかり補強工事をしたんです。プロジェクターを使ったホームシアターに関する資料もいろいろ集めてたみたいで」

「たしかに、ここで映画を見たら素敵かもしれない」

石野がそう言って、蔵のなかを見まわした。

「そうこうしているうちに、だんだん祖母の具合が悪くなって、映画どころじゃなくなってしまったんですよね。それに、祖父はたぶん祖母と映画を見たかったんだと思うんです。でも、祖母が長時間座っていられない状態になってしまって」

時は流れていく。前と同じことをしようとしても、かなわないこともある。

「そうでしたか。そのときしっかり修繕しているなら、今回は建物全体の構造を大きく修理する必要はないでしょう」

幸久さんが言った。

「あとは内装ですよね。厨房はここではなく母家で、というお話でしたが」

ゆきくんが石野に訊く。

「はい、ここは水道もないですし、ここにあらたに厨房を作るより、母家のキッチンを生かした方が安上がりかと思ったんです。広さはじゅうぶんありますので」

石野が答えた。

「それはそうなんですが、カフェにするなら化粧室も必要ですよね」

ゆきくんが言った。

「あ、そうか、ここに化粧室がないと、お客さんが母家に出入りすることになっちゃうのか。それはちょっとよくないですね」

「それに、飲みもの一杯を母家で作ってこっちに運ぶって、けっこう手間なんじゃないかな。外を通らないといけないし、雨の日はどうしますか？　母家から屋根のある渡り廊下をつける、ってやり方もあると思いますが」

「そうか、そうですよね」

石野が、うーん、と考えこむ。

「やっぱり、厨房も化粧室も蔵のなかに作った方がいいとは思うんですよ。配管からの話になるので、たしかに費用はかさみますが、長く営業していくことを考えると……」

ゆきくんが言った。

「水回りや電気系統はうちの工務店でできますし、内装のデザインは由孝（ゆきたか）にまかせてもいい。まずは基本的な見積もりを出してみましょうか。それから細かい部分を考えていく」

幸久さんの提案に、石野もうなずいた。

「ほんとは厨房も化粧室も蔵のなかにあった方がいいと思いますけど、最初から大きな話にすると、いつまでたってもはじめられないかもしれないから、とりあえず母家の一部をカフェで使えるように仕切りを入れる、みたいな形でもいいのかもしれないです。費用も両方のパターンで出してみますから」

ゆきくんが言った。

「やっぱりけっこうたいへんですね」

石野が困ったように笑う。

「そうですね。考えなくちゃならないことがけっこうあります。大きな施設にテナントとしてはいるのとはちょっとちがいますから」

ゆきくんが笑った。

「建物だけじゃなくて、お店の営業方法についても……。町なかにあるわけじゃないから、ふらっと立ち寄る客というのはいない。わざわざここまで足を運んでもらうことになります。そうなると平日はきびしいかもしれない。人件費・光熱費ばかりかかって、お客さんはあまり来ない、なんてこともありえます。最初は営業を休日だけに限定する、とかでもいいのかもですね」

「わたしたちもなんとなくそう考えてました。いまのお惣菜屋さんの仕事もあるので。でも、お惣菜屋さんの方はお仕事の人の利用が多いので、休日はわりと暇なんです。平日はお惣菜屋さん、週末だけカフェみたいな形がいいかな、と」

「それはいいですね。お惣菜屋さんも続けた方がいいですよ。そうしたらそこでカフェの宣伝もできますから」

「なるほど」

石野がうなずいた。

「でも、ここまで足を運んでもらう、ってかなりむずかしいことですよね」

「そうですね。それだけの価値がある、と思わせるようななにかが必要です。ただ、無理というわけじゃないと思います。辺鄙な場所にある一軒家レストランとか、話題になってる店もけっこうありますから。みんな特別なことを求めているんですよ」

「特別なこと？」

石野が首をかしげた。

「すごく高い料亭とかじゃなくて、もう少しライトに特別感を味わいたい、っていうか。ここはまわりの田園風景が魅力ですよね。東京から近い場所にこんなところがあるなんて、知らない人も多いでしょう？」

「そうなんです。わたしも東上線沿線に住んでますが、知りませんでした。小江戸・川越は有名だから人が来るけど、川島町のことは知られてないですよね」

「それは霞ヶ関も同じですけど」

ゆきくんが笑った。

「まあ、川越には見どころがたくさんありますからね。やっぱり建物があるっていうのは大きいんですよね」

「たしかに。なにもないところが売りなんですけど、そう言ってもなかなかわかってくれる人がいなくて」

田辺が笑った。

「そういうのを求めてる人もいると思うけどなあ。それに、ここは川越の旧市街とちがって、改築の際に伝統工法を使わなくちゃいけない、みたいなルールがないでしょう。だから、蔵のよさは生かしつつ、いまの人がお店として使いやすいように改良してもいいと思うんです。その方が自然なことだと思うし。あと、物語が大事だと思います」

ゆきくんが言った。

「物語ですか？」

石野が訊く。

「ただの古民家っていうだけじゃなくて、どんな歴史があるのか、とか、どういう思いで改築したのか、とか、そういうストーリーに惹(ひ)かれるところもあるんですよね。そういう意味では、改築の過程からＳＮＳで発信していく、みたいなやり方も有効です」

「なるほど……。たしかにそういうの、見たことがあります」

石野がうなずく。

「そういうふうに発信してると、いらなくなった人から什器(じゅうき)を譲ってもらえる、とかいうこともあるみたいですしね。費用削減のためにもある程度は自分たちで改装作業を手がけて、そこにボランティアで来てもらうとか。それもほかではできない体験になりますし、そうやって自分がかかわった店は応援したくなる」

ゆきくんの言葉に、その通りだと思った。豆の家や昭和の暮らし資料館の改装の際は、僕も作業を手伝った。だからやっぱり思い入れがあるし、なにかあれば宣伝したくもなる。

「ただ工事をするだけじゃなくて、そういうことを考えながら開店の準備をはじめていくのがいいと思うんです。時間はかかりますけどね」

「わたしたちもその方がうれしいです。全部デザインしてもらって、工事してもらうより、自分で作った、っていう実感が持てるし、納得できる気がします。親や友だちには、わたしは頑固だってよく言われるんです。しかもはじめから、こういうふうにしたい、と表現できない。自分の思っていることを言葉にするのに時間がかかるっていうか……」

「でも違和感があると納得できないんだよな」

田辺が言った。

「そうなんですよ。やってみて、あれ、ちがう、ってなることも多くて。だからゆっくり進めたい。費用がかかる大きな話ですから、お金を貯めるにも時間がかかりますし、納得できる形にしたいですから」

「うん。俺としてもそれくらい自分の思いをしっかり持っている人の方がやりがいがあります。まずはこちらでいくつか建物に関する案を考えて、見積もりを出します。それを見れば少しイメージしやすくなると思いますから」

「わかりました。わたしたちももう少しどういうお店にしたいか、なにが必要か、しっかり考えてみます」

石野は目を輝かせてうなずいた。

7

母家のキッチンと洗面所のまわりを見てから、幸久さんとゆきくんは帰っていった。石野もこれから上越新幹線で移動するため、田辺が車で桶川駅まで送ることになった。まだ話したいことがあるから、と言われ、僕も車に同乗した。

「敏治さんが映画好きで、あの蔵をホームシアターにしたいと思ってたっていう話、なんかすごく響いたんだよね」

助手席に座った石野が言った。

「そういえば、繭玉（まゆだま）飾りのイベントの翌日、遠野に新井で留守番してもらっただろう?」

田辺が言った。

「ああ、うん」

そのときは、敏治さんが帰ってくるまでのあいだ、喜代さんとふたりで新井で話をしていたのだった。

「あのときじいちゃん、シアター川越の前まで行ったんだって。時間がないから映画は見なかったみたいだけど」

「そうなんだ。僕たちには川越城本丸御殿や川越氷川（ひかわ）神社のことだけしか言ってなかった気がするけど」

でも考えてみれば、そちらまで足をのばしたなら、シアター川越の前を通ることも可能だったはずだ。

「うん。なんか、そこまで行ったら胸がいっぱいになっちゃったみたいなんだ。ばあちゃんと映画を見に行ったあと、よくとなりの太陽軒（たいようけん）で食事してたんだって。そのころのことを思い出したら、なんだか涙が出てきて、ばあちゃんには言えなかったみたいだ」

映画を見なかった、というのはなんとなくわかる気がした。単に時間がなかったというだけではないと思った。なかにはいったとしても、そでかかっているのはその当時の映画じゃない。流れる空気もちがうだろう。なにより、そこに喜代さんがいない。変わってしまった世界を見たくないという気持ちがあったんじゃないか。

「でね、わたし、あの話を聞いてて、ちょっと思ったんだ。シアターカフェっていうのもいいなあ、って。毎回じゃなくても、夜ときどき映画を上映する、みたいな」

石野が言った。

「へえ。それはおもしろいかも。田園のなかのシアターカフェって、なんかちょっとロマンチックじゃないか」

田辺が答える。

「そうでしょ。本格的な映画館は無理だけど、ホームシアターみたいなのだったらできる気がするし。でも、カフェの壁に映像を流してる、みたいな感じじゃなくて、そのときはちゃんと映画を見てもらうような形にして……」

「それはいいね。月光荘は町なかで防音設備もないから、朗読会くらいならできるけど、音楽の演奏とか、映画の上映とかはできないんだ。ときどき問い合わせはあるんだけど。だから、そういうことができる場所があったらいいと思う」

僕は言った。

「映画上映だけじゃなくて、演奏会とか演劇とかもできるよな。そういうんだったら、特別なことだからここまで足を運ぼうっていう気にもなるかもしれない」

田辺がそう言ったとき、桶川の駅が見えてきた。

「まあ、いまは映画館で映画を見る人も減ってるっていうし、集客できるのかはわからないけどね。とにかく、今日話せてよかったよ。考えなくちゃいけないことがたくさんあってわかったし、アイディアも湧いた」

「うん、よかった」

「遠野、ありがとう。紹介してくれて助かったよ。沢口とふたりでいろいろ考えてみる」

駅の前に着き、石野はそう言って車を降りていった。

桶川の近くのファミレスで軽く食事をすませ、田辺の家に戻った。この家も、月光荘と同じで冬は寒い。暖房をつけ、こたつにはいった。

「こたつはいいよなあ。すぐあったかくなる」

「そういや、遠野、修論書いてた年に、べんてんちゃんちからこたつをもらったって言ってたよな。あのこたつ、まだ使ってるのか」

「使ってるよ、もちろん。あれがなかったら冬は乗りきれない」

僕は笑った。

「月光荘もそうだけど、この家も便利とは言えないんだよな。冬は寒いし。それに、ここは月光荘とちがって、まわりになにもない。車がないとやっていけない」

「そうだね」

「でも、やっぱりこの家をとっておきたいと思うんだ。なんでかな。まだどっかでじいちゃん、ばあちゃんに頼っているのかな」

田辺がめずらしく弱音を吐く。

「俺の家、俺が高校生のときに両親が離婚してるって言っただろ？　それでいろいろたいへんで……」

「何年生のときだっけ？」

「高二のはじめ。でも、たいへんだったのは離婚したときじゃなくて、むしろその前。中学のころは家のなかがぎすぎすして、めちゃくちゃ居心地が悪かったんだ。母さんも働いてるのに父さんは家事を全然やらないし。母は自分の気持ちに嘘(うそ)がつけない人でさ、だからすぐにぶつかっちゃって」

「そうだったのか」

「姉さんと妹は、女だから完全に母さんの味方で。俺は父さんのことも好きだったから、味方したいとは思ったけど、たしかに手前勝手でかばえない感じではあったんだよね。昭和だったらあれでよかったのかもしれないけど」

田辺は頬杖をついた。

「夏休みとか長い休みにはいると、母に連れられてこの家に来た。そのときだけ、すごくほっとするんだよ。子どものころの楽しかった記憶もあるし、この家に来たときだけのびのびできた。ばあちゃんにもだいぶ世話になった。前にも話したけど、ばあちゃんは俺がなにをしても絶対に怒らないんだ。だから安心できたんだな」

「喜代さんはむかしからそういう人だったんだね」

「不思議なもんだよね。なんか悪いことをしたときも、怒られるとかっとなるけど、ばあちゃんに大丈夫だよって言われると、なんだか申し訳ない気がして、もう同じことはしない、って思うんだ」

田辺はちょっと笑った。

「家の声のことなんだけどさ」

「うん」

「遠野は小さいころから聞こえたんだろう?」

「そうだね。物心ついたときには、もう聞こえてた。だから僕にとってはふつうのことで、みんなには聞こえないってわかったときは驚いた」

「へえ」

田辺が笑った。

「ばあちゃんはどうだったんだろう。聞こえる人っていうのは、みんな最初から聞こえるものなのかな」

「いや、喜代さんは、途中かららしい。聞こえるようになったときのことを覚えてたよ。三歳のとき、蚕の部屋で眠ってしまったことがあるって言ってただろ？」

「ああ、言ってたね。丸二日間眠ってたとか」

「そのときからだって言ってた。目が覚めたら、声が聞こえるようになってたって」

喜代さんとはじめて話したとき、その話を聞いた。

蚕は繭を作るまでに四回脱皮する。それまでずっと桑の葉を食べ続けていたのに、ある日いっせいに食べるのをやめ、動かなくなる。起きているときを「令(れい)」、眠っているときを「眠(みん)」と呼ぶ。はじめの三回の眠は一日くらいだが、四回目は二日くらい眠り続ける。

喜代さんは子どものころからときどき、長く深く眠り続けてしまうことがあり、蚕の眠のようだ、と言われていたらしい。

「じゃあ、それまで聞こえなかった人が聞こえるようになるときってあるのかな。ほら、さっき、幸久さんが言ってただろ？　幸久さんのお父さんも、遠野のおじいちゃんも、晩年になってから聞こえる気がする、って言ってたって」

田辺が言った。

「あれは僕も驚いた。僕もはっきり『聞こえる』って言った人に会ったのは喜代さんがはじめてで、僕と合わせてふたりしか知らない。だから、はっきりしたことはなにも言えないんだけど、この前話したとき、敏治さんもそんなことを言ってたんだ」

「じいちゃんが？」

「うん。この家ではね、人のようにしゃべる声のほかに、雨のような音が聞こえるんだ。たぶん蚕が桑の葉を食べる音なんだと思う。喜代さんもそう言ってたから」

「いまもしてるのか？」

「うん、してる。声の方はいつも聞こえるわけじゃないけど、雨みたいな音はずっとしてるよ」

「ほんとに？」

田辺がじっと目を閉じる。

「俺には聞こえないな」

しばらくして目を開けて、さびしそうに笑った。

「敏治さん、ときどき雨のような音が聞こえる気がする、って言ってたんだ。まだこの家に住んでたころだよ。敏治さんは空耳だろうって言ってたけど、その音を聞いたときは喜代さんの夢を見る、って」

「そうなのか。知らなかった」

田辺は少し驚いたみたいだった。

「でもさ、そしたら長く生きてたら、いつか聞こえるようになるのかな、俺も」

「それはなんとも言えないけど。でも、どうして？」

「いや、ただ聞いてみたいと思って」

田辺はそう言って、じっと黙った。

「ばあちゃんの声が聞こえる、っていうのとはちょっとちがうんだろうけど」

「そうだね。喜代さんの声が聞こえるってわけじゃない。あ、でも、それは家によってもちがうんだ。前にここに住んでいた人たちの声かな、っていう音が聞こえるときもある。でも、それは人みたいに話す声とはちがってて、どちらかというと、この家の雨の音に近い気がする。むかしの音が木霊（こだま）してるような感じ」

「ああ、なるほど、その声とは会話できないんだな」

「そう。遠くから聞こえてくるだけ」

豆の家の倉庫でも、笠原紙店でも、新井でも、そんな声が聞こえた。遊んでいる子どもたちの声、宴会で騒ぐ人たちの声。とんからりでは、機織り（はたお）の音が聞こえた。音を聞いていると、かつてここであったことが目に浮かぶような気がした。

「声が聞こえるといいこともあるけどね。僕は月光荘に救われたようなところがあるから。月光荘に住むようになったころの僕は、うちにこもりがちだっただろ。木谷先生や田辺たちとは話せたけど、それ以外はあんまり」

「そういうところはあったよね」

田辺が笑った。

「月光荘と話すようになってからなんだ。心が軽くなったのは。それまでは、声が聞こえるって言っても、家と打ち解けて話せるってわけじゃなかったんだ。声は聞こえるけど、たいていはわけのわからないもので、怖い気がするときもけっこうあったし。聞こえるのがいいことだと思ったことなんて、そんなになかったんだよ」

「自分にしか聞こえないっていうのも不安だよな」

「幻聴じゃないか、どこかおかしいんじゃないか、と思うことも多かった。ほんとにあるんだって安心できたのは喜代さんと会ったときで」

「そうか」

田辺はじっと黙った。

「ばあちゃんもそうだったのかな」

「喜代さんは、むかしは自分以外に聞こえる人もいた、って言ってたから、そういう不安はなかったかもしれないね。けどやっぱり、自分にしか聞こえないっていうのは、なんだろう……。孤独っていうのかな。聞こえない人に話しても、絶対に伝わらないだろう？　どんなに親しくても、信じる、信じないは別のことだから」

「まあ、そうだな」

「田辺に話したのは、田辺と親しいからだけじゃないんだ」

「ああ、あのとき、俺が信じなくても友だちでいられると思った、って言ってたな」

田辺が思い出したように言った。聞こえない人が家の声の話を信じるのはむずかしい。いや、無理だと思っていた。相手を信じられない状態で友だちでいようとすれば、関係がぎくしゃくするに決まっている、と。

「話せば相手に負担を強いることになる。それなら隠している方がいい、と思ってた。でもあのとき、その話は信じられないが友だちでいるという選択もある、と思ったんだよ。ほんとは、相手の負担になることを気にしてたんじゃない。僕のなかで家の声が大きな存在だったから、そこを否定されると自分が辛いってことなんじゃないかと気づいた」

「なるほど」

「けど、あのとき話すと決めたのは、喜代さんのことがあったからだと思う。喜代さんが亡くなる前に伝えておきたかったんだ。田辺がもし家の声のことを信じて、それを喜代さんに伝えてくれれば、喜代さんも気持ちが楽になるかな、と思って」

「どうして？　遠野と話すことで、ばあちゃんも満足していたんじゃないのか」

「うーん、そこはむずかしいところなんだけど。喜代さんと出会ったことで、僕ははじめて自分を認めることができた。それはとても大きなことだったんだけど、あのとき田辺が信じてくれたことは、別の意味ですごくうれしかったんだ」

「どういうこと？」

「なんていうのかな、喜代さんと僕は、家の声が聞こえる。だからおたがいの話を信じられるのはあたりまえなんだよ。信じるというより、事実なんだ。でも、田辺は、自分が聞こえないのに信じてくれた。あるかないかわからないものを、あると言ってくれた。信じるって、ほんとはそういうことなんじゃないかと思うんだ」

「なるほど」

「たぶん、喜代さんは敏治さんに家の声の話をしてなかったんだと思う。それでもおたがいを大事にしてたと思うけど、喜代さんは敏治さんにも子どもにも孫にも隠しごとをしていた、ということになるよね。秘密を持つというのは、孤独なことだよ。だから、田辺が喜代さんの秘密を受け入れたら、喜代さんの心が楽になるんじゃないかと思ったんだ」

「ばあちゃん、俺がそのことを言ったら、うれしそうにしてたもんなあ」

田辺は遠くを見つめ、少し微笑んだ。

「ときどき、喜代さんはどうやってその孤独に耐えていたんだろう、って思うんだよ」

僕はそう言って、天井を見あげた。

「なんか、僕は家の声が聞こえる人とじゃないと、家庭を持てない気がして……」

ぽろりとそんな言葉が口からこぼれる。

「その気持ちはわかるけど、そういう人とめぐりあうのはむずかしいんじゃないか」

田辺が言った。

「けどさ、家の声を信じてくれる人はいるような気がするよ。俺はばあちゃんのことがあったから特例かもしれないけど、そういう人はあらわれるんじゃないかな」

田辺が笑った。

「まあね。そもそも家庭を持つなんて、ずいぶん先のことだと思うけど」

僕も笑った。

「いや、でも」

田辺が急に真顔になる。

「俺たちももう二十代後半なんだし、そういうこともちゃんと考えないと……」

そこまで言って口ごもった。

「田辺は石野と結婚とか考えてるの？」

「え？　あ、いや、それは……」

田辺の表情が固まる。

「考えてる」

しばらくきょろきょろしたあと、田辺はそう言った。

「石野とはまだその話はしてない。カフェの話も本格的にはじまりそうだし、いまは仕事のことで頭がいっぱいだと思うから。でも、じいちゃんが元気なうちに結婚したい気持ちもある」

「結婚したって仕事は変わらずにできるんじゃない？　田辺は家事もできるし。子どもができたらまた話は別なんだろうけど」

「そうかな」

「石野がほんとにここでカフェを開くなら、この家でいっしょに住むのもいいんじゃないか。まあ、不便なところはあるけどね」

家から雨のような音が聞こえる。ときおりかすかに子どもの歌声が混ざって、夜なのに日差しのなかにいるみたいな気持ちになった。

「ここに住む、か……」

田辺がつぶやいた。

「それができたらなによりだけど。でも、それは石野と相談だな」

そう言って、田辺はごろんと横たわった。

―8―

いつのまにか深夜をすぎていた。田辺も明日は午前中に正月の準備を終えて、できるだけ早い時間に敏治さんを迎えに行きたいらしい。こたつを片づけ、床についた。その後も少し話をしていたが、やがて田辺が寝入ったのがわかった。

僕はなぜか気持ちがざわざわして、なかなか眠れずにいた。深夜をすぎたあたりから、雨のような音がいっそう強くなり、うねるように響きはじめた。

眠ろうと目を閉じたとき、僕を呼ぶ声が聞こえた。

モリヒト

家の声だった。僕は身体を起こした。

田辺を起こさないようにそうっと布団から出て、廊下に行く。そこには白い光が満ちていた。雨の音はうねるように響いている。前にここに泊まったときと同じように、僕は階段をのぼり、守章の名前が書かれた棟木のある部屋に向かった。

「すごい音だね。なにか起こるの？」

僕は訊いた。

「オショウガツ」

家が答える。

「ムコウ、イク」

ああ、そうか、と思った。前に月光荘が言っていた。家たちはお正月はみんなあの白い世界に集まるのだ、と。そこで人の姿になって、歌ったり踊ったりするのだと。

「みんな集まるんだね」

「ソウ」

家が答えた。

「ミタイカ」

家に訊かれ、少し迷った。見たい。だがそこに行くのは少し怖い気がした。

「見たい」

だが、結局見たいという気持ちをおさえきれず、僕はそう答えた。

「ジャア、イコウ」

どうやって、と思ったが、ぼんやりした人影のようなものがあらわれ、僕に手招きをした。その影のあとについて歩きだす。

影は僕よりずっと大きく、人の形だが、人とは言えない大きさだった。天井に頭がつくほどで、大きな身体を揺らしながら、のっそりのっそりと歩いていく。

この家の二階の廊下はそう長くはないはずなのに、白く光る道はずっと続いていて、ここはもう僕たちのいる世界ではないのだ、と思う。帰れるのだろうか、と不安になるが、ここまで来た以上、家たちのお正月をどうしても見たかった。

「トシハル、カエッテクルノカ」

家が言った。

「はい、明日。敏治さんが別の場所に住むことになったのは、知ってますか?」

「シッテル。ハナシ、キイテタ」

家が答えた。この家は月光荘にくらべて人の世界のことをよくわかっているみたいだ。

「デモ、イエ、コワサナイ」

「そうですね。まだ田辺が住むみたいです」

「クラ、ミセニナル」

カフェの話もわかっているらしい。

「イエ、マダ、アル」

「なくなると思ってたんですか？」

「ナクナラナイ。イエ、コワレテモ、ナクナラナイ。カエルダケ」

家のその言葉で、とんからりの建物から聞いたことを思い出した。あの建物もそう言っていた。あの世界に帰るのだ、と。

遠くに強い光が見えてくる。真っ白い光だ。近づくにつれて、その光がどんどん大きくなった。

「ミンナ、アソコニ、イル」

家が言った。

「みんな？　喜代さんも？」

「キヨハ、イナイ。キヨハ、ココニイル」

家は自分の胸を指した。喜代さんは家の身体のなかにいる、ということなんだろうか。

「じゃあ、月光荘は？ 前に月光荘を知ってる、って言ってましたよね？」

「シッテル。チイサイ、ヒト」

家の声が少し揺れて、笑ったように聞こえた。

小さい人？ 月光荘は人の形になったとき小さいのか？

たしかに少し子どもっぽい話し方ではあるけれど。でも、なぜなんだろう。この家は話し方はたどたどしいが、歳を取っている雰囲気がある。月光荘だってもう築七十年以上経っていて、人で考えればじゅうぶん老人だ。

家の築年数とは関係ないということなんだろうか。そもそも、家は歳を取っていくのだろうか。それとも、最初から変わらないのだろうか。

「家は歳を取るんですか？」

僕は訊いた。

「トシ、トル？ シラナイ。ミンナ、チガウ」

白い光が目の前いっぱいにふくらんでいる。目を凝らすと、そのなかに人影のようなものがたくさんいるのが見えた。

「あれが家……？」

「ソウ」

真っ白い世界だ。前に月光荘が、あそこには色がないと言っていたが、たしかにその通りだ。白い、というより、光に満ちている。

そして、音があふれていた。人の声、犬や猫の鳴き声。なにかの道具を使う音、笛や太鼓、火がぱちぱち燃える音、お湯が沸く音。風の音、鳥の声。さっきまで響いていた雨のような音もいつのまにかそのなかにまぎれ、暮らしのなかで聞こえるありとあらゆる音が空間を満たしている。

胸のなかになつかしさがこみあげ、歩けなくなりそうになる。

「アレガ、ゲッコウソウ。チイサイ、ヒト」

家が指をさした先に、たしかにまわりより小さな人影があった。飛び跳ねるようにして、ほかの人影のあいだを走りまわっている。なんだか楽しそうだ。そういえば月光荘はこの世界を楽しいところだと言っていた。

——ミンナデ、ウタッタリ、オドッタリ、オシャベリシタリ。

——カナシクナイ。タノシイトコロ。ミンナイル、ドコニモイカナイ。

喜代さんが亡くなったとき、そう言ったのだ。

そうだな、と思った。楽しいところ。その通りだ、と。

ここに満ちている音は、家が僕らの世界にあるあいだに聞いてきた音なんだ。それが消えずにここに残っている。どこにいるのかわからないけれど、とんかrりもきっとここにいて、あの音もこのなかに溶けこんでいる。

「ヒトモ、イル」

「人も？　どれが人なんですか？」

「ワカラナイ。ドッチモ、オナジ」

家はそう言って、僕の方を見た。守章や僕の祖父母や両親もこのなかにいるのか。あの白い世界に、みんないるのか。

「モリヒト、ココマデ」

一歩前に踏み出そうとしたとき、家がそう言った。

「ここまで？」

「コノサキ、イケナイ。モリヒト、カラダガアル。ダカラ、ココマデ」

家はそう言うと、すうっと浮きあがり、白い世界に飛んでいった。

目が覚めると、外は薄くあかるくなっていた。白い世界がまだ胸のなかに広がっている

ようで、目尻(めじり)に涙がたまっていた。

よかった……。

なぜかそんな気持ちになる。

なかにはいることはできなかったが、あかるくてあたたかい世界だということはわかった。みんなあそこにいるなら、それでいいんだ、と思った。いまは雨の音はしない。お正月だから、家といっしょにみんな向こうに行ってしまったのだろう。

しずかになった部屋のなかで、しばし天井を見つめ、身体を起こした。

田辺はまだ眠っている。なるべく音を立てないように部屋を出て、夢のなかと同じように階段をのぼって棟木のある部屋に行く。

あれは夢だったのか。

前にここに泊まったときもそうだった。二階にあがるところまでは夢じゃなかったような気もするのだが、ほんとにあがったのだとしたらその後どうやってもとの部屋に戻ったのかわからない。やはり家に呼ばれたところから全部夢だったんじゃないか、と思う。

家に呼びかけてみるが、返事はない。やはりいまは向こうにいるんだな、と思った。月光荘らしい人影もいたから、いまは月光荘に帰っても声はしないんだろう。

「遠野、起きたのか」

下から田辺の声がした。
「ああ、ごめん」
そう言って、階段を降りた。

簡単に朝食をとったあと、田辺は買い物に行くと言った。料理は田辺のお母さんや妹さんも少し持ってくるようだが、汁物は自分が作ると言っていた。僕も買い物だけ手伝い、田辺が敏治さんを迎えに行くとき、川越に寄ってもらった。

敏治さんも戻ってくるから、今晩もいっしょに食べるか、と誘われたけれど、ふたりで過ごした方がいいだろうと思って遠慮した。また正月明けにでも会おう、と言って、一番街の近くで車を降りた。

月光荘に戻ると、しんとしていた。なんだか建物全体の雰囲気がぽっかりと軽く、少しさびしくなる。荷物を置くとすぐに畳のうえに横たわり、丸窓から空を見た。田辺の家で見たあの白い世界のことが頭のなかによみがえった。

月光荘の営業は六日からだ。元日はみんなと初詣（はつもうで）に行く約束をしているが、二日から五日までの四日間はなんの予定もない。そう思ったとき、ふと小説を書いてみようかと思った。二作目が書けたら本にするという話はあったものの、なかなかうまく書けず、そのままになっていた。

あの糸の物語を小説にするのはどうだろう。新井のリーフレットにエッセイとして発表した、糸の物語を読み取ることのできる娘の話だ。あのときは勢いのままエッセイとして書いたが、豊島さんから、いつか小説の形にできたらいいですね、と言われていたのを思い出した。

だが、いったん書き終わったものだ。もう一度向き合ったとしても、最初に書いたときと同じ気持ちになることはできないだろう。あれはあれで完成として、もう触れない方がいいかもしれない。迷いながらパソコンを立ち上げ、あのときのデータをおそるおそる開いた。

オカイコサマは見てる。わたしたちの暮らしを。桑といっしょにそれを食べて、身体にどんどん溜めていく。

オカイコサマの心は、ずっと遠くまでつながっている。ひとりのオカイコサマから別のオカイコサマへ、だれかの人生の物語が撚り合わさって、いつかひとりのオカイコサマがそれを吐いて繭にする。

物語の糸は光っている。わたしにはそれが見える。

わたしはそれを、読むことができる。

文章はそうはじまっている。

喜代さんが亡くなった日、それと知らずに喜代さんのまぼろしを見た。喜代さんはどんどん若返り、娘のような姿になった。その姿を見たあと、幼い女の子が光る蚕の糸とたわむれる像が浮かんだのだ。

だれかが亡くなったあと、その人の人生の物語を宿した蚕が生まれる。蚕はそれを糸にして吐き出す。その女の子は糸に刻まれた物語を読むことができる。だが、女の子はそれを口にすることができない。生まれつき声が出ないのだ。読み書きもできない。

糸の刻まれた人生を読み取っても、それを人に伝えることはできない。そして、忘れることもできない。女の子の身体には人の心が蓄積し、どんどん重くなる。動くこともままならず、ただ蚕の部屋で生きている。

歳を取って、彼女は光る糸を吐く蚕を見つける。その糸を読みはじめ、そこに刻まれているのが、自分と同じように糸に刻まれたものを読める娘の人生だと気づく。その家にはむかしからときどきそういう娘が生まれるのだ。糸を読み、だが口をきくことのできない娘が。そのことを悟った彼女は、目から涙を流す。その涙が糸になる。

そんな物語だ。

あのときの僕は、なんでこんなことを書いたんだろう。いや、こんなことを書けたんだろう。これは喜代さんが僕に贈ってくれた物語なのかもしれない。そして、この物語はどこか、家の世界と通じるところがあるように思えた。

なんにしても、書き出しの数行のあとは、あらすじだけが剝き出しになったような状態だ。小説にするなら、娘が暮らしている家や、いっしょに暮らしている人たちのことくらいはもう少ししっかり書きこまなければならない。

そんなことをしたら、僕の理屈のなかに閉じこめてしまうことになるのではないか、それは果たしてよいことなのだろうか。

だが、文字を追ううちに、この物語をもっと大きな構造を持った小説にしたいという気持ちがふくらんできた。

頭のなかだけで考えていても、形が定まらない。僕は使いかけのノートを開き、家の形や村の地図、女の子の一族の家系図を作ることにした。それから、物語の世界で起こるできごとをまとめる。

女の子の一生を書くことになるが、すべての時期を均等に書いたら冗長になるだろう。糸が読めることに気づいた幼少期、それから思春期。身体も弱く、口がきけないから、結婚はできなかったかもしれない。そんなに長くは生きられなかったかもしれない。

女の子の像は、喜代さんに重なり、僕の母方の祖母にも重なった。僕は喜代さんも祖母も、歳を取ってからのことしか知らない。喜代さんにも祖母にも少女のころがあったはずだ。どんな子だったんだろう。あのやわらかな眼差し(まなざし)は、歳を取ってからのものだったんだろうか。

考えるうちに生きていることが儚(はかな)いものに思えてくる。喜代さんも祖母も長く生きた。それでも亡くなればそのすべてが泡のように消えてしまう。楽しいこと、辛いこと、悲しいこと、いろいろなことがあっただろうに、全部消えてしまう。

ああ、でも、あの白い世界にはそれがきっと全部残っているんだよな。田辺の家で見たあの世界はいろんな音で満ちていた。月光荘もいたっけ。小さい人、って呼ばれてた。帰ってきたら、僕が姿を見たことを話してやろう。

ノートのメモ書きはいつのまにか何ページにもわたっていた。時間も深夜をすぎている。いつのまにか年を越していたみたいだ。メモを見返してみたが、どこからどう書けばいいものか見当もつかず、その日はそのまま力尽きて眠ってしまった。

元日はべんてんちゃん、安西さん、豊島さん、笠原先輩たちといっしょに川越氷川神社に初詣に行き、その後は「羅針盤」に寄って安藤さんにあいさつした。去年までとちがい、どこも初詣客でにぎわっていた。

別れ際、僕は豊島さんに、オカイコサマのエッセイを小説にしようと思っていることを話した。豊島さんは、それは楽しみです、書けたらいちばんに送ってください、と言ってくれた。

元日だけは休みにして、二日は朝からパソコンに向かった。なんとなく書ける気がしていた。初詣のあとしばらくひとりで町を歩くうちに、大晦日にまとめたメモが頭のなかで少しずつ固まり、一本の筋になっていった。

雨の音がする。

でもこれは、外に降るほんとの雨じゃない。オカイコサマたちが桑の葉を食べる音だ。何千、何万の真っ白いオカイコサマたちが、いっせいに桑の葉を食べる。

ざああ、ざああ、と、雨が降るような音を立てる。

そこまで書くと、身体の奥から物語の糸がのびてくるのを感じた。

主人公の名前は加代にした。時代は昭和初期。日本の各地で養蚕や機織りがさかんだったころ。加代は養蚕農家の生まれで、上に兄がふたりの末っ子だった。そのあたりは、喜代さんから聞いた話が織りこまれていた。

加代は子どものころから蚕の世話が好きで、いつも蚕の部屋にいた。生まれつき身体が弱く、声が出なかった。ときどき蚕の「眠」のように、深く眠ってしまうことがあった。

それでも加代は家で大事にされていた。加代がいるとなぜか蚕の調子がよく、いい繭がたくさん取れるからだ。その家には、代々そういう娘が出る。蚕と通じることができる巫女として扱われ、ただ蚕の部屋にいて、蚕の番をして一生を終える。

加代はだれにも言わなかったが、蚕の糸に人の一生が刻まれているのを知っていた。蚕が糸を吐くとき、その一生が見えるのだ。遠い国の見たこともない人たちのものが多かったが、村で亡くなっただれそれとわかるものもあった。

加代はとくに下の兄・照幸を慕っていた。照幸は、身体の弱い加代のために、きれいな木の実や小石を拾ってきてくれた。雪の日には、雪を持ってきてくれた。星がきれいな夜は、いっしょに星を眺めることもあった。

だが戦争がはじまり、上の兄が兵隊に取られ、やがて年若い照幸も戦地に行ってしまう。加代は悲しみに暮れ、心細い日々を過ごす。そうしてある日、蚕の吐く糸のなかに照幸の一生を見る。照幸が亡くなったことを知り、できあがった繭をこっそり懐におさめる。

戦後、生糸（きいと）はしだいに売れなくなり、加代の家も養蚕をやめる。加代は近くの農家の三男と結婚。子どもをなし、おだやかな日々を過ごす。

ときどき簞笥（たんす）から兄の繭を取り出して眺めながら、オカイコサマがいなくなったいま、人の一生はどこに刻まれているのだろう、と思う。

五日までのあいだ、僕はとにかく書き続けた。眠る間も惜しくて、数時間書いては二時間ほど仮眠し、また起きて気力が続くところまで書く、ということをくりかえした。どんどん筆がのって、とんからりのときと同じくらいの長さの話を四日間で書きあげた。

こんなに早く文章を書けたのははじめてだった。少し日にちをおいて推敲（すいこう）したあと、豊島さんに原稿を送った。編集者よりだれより先に、豊島さんに読んでもらいたかった。

送ってしまったあと、僕はいつになく不安になった。あれでよかったのか、どうにも自信が持てない。送って数時間も経っていないのに、何度も豊島さんからメールがきていないか確認した。

豊島さんから返事が来たのは、翌朝だった。前日は仕事があり、ようやく深夜になって原稿を読む時間ができた。今日は少しだけ、と思って読みはじめたが、結局一気に読んでしまった、と書かれていた。

ほんとうに、とてもとてもよかったです。

前回の家と娘の恋の話と同じくらい、いえ、それよりもすばらしい、と思いました。読んでいると、ほんとに目の前に加代がいて、蚕たちが物語の糸を吐いている、そんな気がしました。現実ではないとわかっているのに、ほんとうのことだと思ってしまうような見事な作品でした。

感動で、いまはうまく感想がまとまりません。でも、この物語をいちばんはじめに読むことができて、すごく幸せです。

メールのその文章を読んで、肩の荷がおりた気がした。すごく幸せです、という豊島さんの声が聞こえたような気がして、思わず大きく息をついた。

そのあといくつか、疑問点や意見が記されていた。細かいところまでしっかり見てくれていた。メールの最後に、今日はもうこれから出社なので、あとはまた後日、と書かれていて、徹夜に近い状態だったのかもしれない、と申し訳ない気持ちになった。

夜になって、豊島さんから電話がかかってきた。駅から自宅へ歩いて帰る途中らしい。家に帰ったらすぐに眠ってしまうような気がして、と笑っていた。

「すごくよかったです。一日経っても、まだ作品の世界から帰ってこられずにいます」

豊島さんはそう言った。

「またしても非現実的な世界になってしまったけど、大丈夫かな」

僕は訊いた。

「大丈夫だと思います。遠野先輩の作品が幻想だと思う人もいると思いますけど、わたしにはなんとなくすべてほんとうのことのように思えるんですよ」

「ほんとうのこと？」

「不思議なことがまったく起こらない、いわゆる現実世界を描いた小説でも、全然現実に思えないときもあるんですけどね。遠野先輩の小説を読んでいると、ほんとうにこういう世界を見たことがあるんじゃないか、って思ってしまうんです」

そう言われて、ぎくりとした。

「なぜかはわからないですけど。この前の家と娘の恋の話を読んだときも、これはとんからりに行ったときのことを書いてるんだな、って思いましたし」

「うん、そうだよ。店の名前は変えたけど、とんからりで聞いた話から着想を得た」

小説のなかでは「とんからり」ではなく、店の名前は「はたおと」。店の場所や店主が建物を入手した経緯も変えてある。だが、マスミに対する家の気持ちは、あのとき建物から聞いたことを膨らませて書いたものだ。

「それで、あの小説を読んでから、とんからりに行ったときのことを思い返してみたんです。そしたら、あのときほんとに、とんからりの……家の声が聞こえていたような気がしてきて」

豊島さんが笑うのがわかった。

「変ですよね。とんからりにいたとき、そんな音は聞こえていなかったのに、記憶のなかでは声がするんです。あのとき自分も声を聞いてたみたいに、記憶が書き換えられてる。それだけ先輩の小説に臨場感があった、ってことだと思います」

なんだか複雑な気持ちだった。家の声が僕にとって真実、というのは、実際にその通りなのだ。臨場感があるのもきっとそのためなんだろう。僕にとっては聞いたものをそのまま書いているだけなのだ。想像力でも筆力でもない。

「前に羅針盤の安藤さんが、遠野先輩が家とつながっている気がする、と言ってたことがあるんですよ。ご先祖さまも家の医者だったんだし、そういうこともあるのかな、って言ってました。安西さんもべんてんちゃんも似たようなことを言ってましたし。でも、そういう人だから小説を書けるのかもしれませんね」

その言葉で、豊島さんといっしょに所沢に行った日のことを思い出した。豊島さんは

『星の王子さま』のバラの話をしていた。

――でも、わたしも思うんです。街にはたくさんのバラが咲いていて、そのどれにも心がある。それがすごく……その、大切なことだと思うから。

――だから、遠野先輩が言っていること、わかります。

あのとき豊島さんはそう言って微笑んだ。豊島さんと僕は、家庭環境も、これまでの人生もまるでちがう。でも、なにを大事にするかが似ているのかもしれない。

豊島さんには家の声は聞こえない。でも、僕がほんとうのことを言っている、と感じている。

家の声が聞こえているかどうかとは関係なく。そのことにほっとしていた。

喜代さんもこんな気持ちだったのだろうか。

窓の外を見ると、晴れた夜空が広がっている。いま、どこかに電話で話しながら歩いている豊島さんがいる。夜空の下をひとり歩いている豊島さんがいる。

そう考えると、この世界もそんなに悪いものじゃない、という気がしてくる。いいことばかりじゃないけれど、生きているというのはやっぱりあたたかくて、いいものだと思う。

そのときはじめて、僕は豊島さんのことが好きなのかもしれない、と思った。

「あ、すみません。もうすぐ家に着きます。わたしのコメント、深夜テンションで書いたので、わけがわからないところもたくさんあると思います。また読み返して、気がついたところがあったら連絡しますね」

「僕も……」

そこまで言ってなにを言えばいいかわからなくなり、少し言葉を切った。

「僕も豊島さんにいちばんに読んでもらえて、うれしかったよ」

考えた末にそう言った。

「よかったです」

「ありがとう。おやすみ」

「おやすみなさい」

豊島さんはそう言って、電話を切った。

9

そのあと小説を編集者に送ったところ、とてもいいですね、というメールが返ってきた。

──遠野さんは正直で、嘘がつけない人です。だから自分の書き方をつかむまで時間がかかるけれど、良いものが書ける人だと僕はずっと信じていました。この作品は、遠野さんの「ほんとう」が書かれている。かつて生きていた人たちの思いが遠野さんの身体を通って染み出して来ているようで、読んでいてとても感銘を受けました。これで本を作りましょう。

メールにはそう書かれていた。

編集者との打ち合わせで、とんからりの作品と二編で一冊にする方針で話が進みはじめ、数週間後、大量に朱がはいったゲラが送られてきた。

三月、田辺と石野、沢口に招かれて、みんなで川島町の家に集まった。石野と沢口から発表したいことがあるのだと言う。

べんてんちゃん、安西さん、豊島さん、笠原先輩。木谷先生はもちろん、守章の棟木を見たいと言っていた真山さんや島田さんもいる。新井の美里さんに農園の陽菜さん、羅針盤の安藤さん。風間工務店のゆきくんと、敏治さん。僕は腰に月光荘のプレートをさげていった。

石野たちが発表したいと言ったのは、ここの蔵に作るカフェのことだった。

はじめは金曜の夜と週末のみの営業で、昼はふつうのカフェ、夜はシアターカフェにするという計画だった。改築は風間の工務店に頼むが、床の張り替えや壁の塗装などはボランティアを募る。ゆくゆくはとなりを小さな体験農園にしたい。

改築の資金はクラウドファンディングで集めることにしたらしい。改築の過程から共有した方が愛着を持ってもらえるだろうという沢口のアイディアで、僕たちにもそのクラウドファンディングに協力者として名を連ねてほしい、と言う。

この建物があたらしいことに活用されるのは、僕としてもうれしいことだった。木谷先生や島田さん、真山さん、美里さんも協力してくれることになり、月光荘や新井とリンクするイベントを企画したいという話も出た。

発表のあとは、蔵の前にテーブルを出し、石野の作った料理がふるまわれた。お惣菜屋さんで出しているものとはちがい、パーティーらしくかわいい盛りつけになっている。

まさかこの時期に咲くとは思っていなかったが、あたたかかったせいだろう、ちょうど家の前の桜も満開だった。

敏治さんは施設で楽しく過ごしているらしい。入居者たちの作っている映画クラブにはいり、ときどきラウンジでむかしの映画を見たりしているのだそうだ。

「ここがシアターカフェになったら、みんなを連れてきたいねえ。こんな畑の真ん中の蔵で映画を見るなんて、きっと驚くよ」

にこにこ笑ってそう言った。

豊島さんは、安西さんやべんてんちゃんに僕の小説の話をしている。

「じゃあ、ついに遠野先輩の本が出るんですか！」

べんてんちゃんが目を丸くして言った。

「そうだね。まあ、編集さんから朱がぎっしりはいった原稿が戻ってきて、いまはその修正に追われてて……。いつ終わるのか、見当がつかないけど」

僕は苦笑いした。

この前、編集者から、表紙はどうしましょう、という話があった。基本的には編集者やデザイナーが決めることらしいが、著者が推薦する人がいる場合は検討する、というのだった。そのときはぱっと思いつかなかったが、安西さんのことを話すだけ話してみてもいいかも、とふと思った。

「それが終わったら本になるんですよね。ふつうの本屋さんに並ぶんですよね」

べんてんちゃんはなぜか興奮気味だ。木谷先生や安藤さんのところに行って、伝えている。僕としては、せめて刊行される目処がきちんと立ってから報告しようと思っていたのだが、なんだか大騒ぎになってしまった。

でも、これであとには引けないな。原稿にはいった指摘の数にめげそうになるときもあるが、刊行まで漕ぎ着けないと格好がつかない。

僕はため息をつきながら、そっとその場を抜けた。母家の二階にのぼり、守章の棟木のある部屋に行く。

「ニギヤカダナ」

家が言った。

「そうなんです。蔵がカフェになるみたいですよ」

「シッテル。サトシ、イッテタ」

悟史。田辺のことか。家で田辺たちが話しているのを聞いたんだろう。

「夜はシアターカフェになるんだそうです」

「シアター」

「そこで映画を上映するんです。ああ、映画っていうのは大きなスクリーンに……」

「シッテル」

途中まで説明しかけたところで、家が言った。

「エイガ、シッテル」

きっと外で映画を見たあと、喜代さんがその話をしたんだろう。

「オモシロイ、タノシイ、ワラッテ、ナイテ……」

家が唱えるように言う。

家はここから動けない。ここにあるもの以外は見ることができない。喜代さんから話を聞くだけだったんだろう。

「シアターカフェになったら、いつでも見られますよ」

「ソウカ」

家の声が少しふるえた。空気がゆらゆら揺れる。もしかして、喜んでいるのだろうか。家が映画を見たらどう思うのだろう。遠い外国の風景や、知らない人たちの物語。ファンタジーやSFのような想像の世界。人間の思い描く世界に驚いてしまうかもしれない。

窓から見下ろすと、蔵の前のみんなの姿が見えた。桜の花びらが舞うなかで、楽しそうに笑ったり、しゃべったりしている。あの白い世界の人影みたいに。

「モリヒト」

家が言った。

「カエレ」

「帰る?」

「ミンナノトコロ。カラダノアルモノタチノトコロ」

身体のあるものたち。外のみんなのことを言っているのだろう。

「カラダガアルウチシカ、デキナイコト、タクサンアル。ダカラ、イキロ」

家が言った。その言葉にはっとした。

「ジュウブン、イキロ」

その言葉が、喜代さんのもののような気がした。声もしゃべり方も変わってしまっているけれど、喜代さんが家の声を通して語りかけてきているんじゃないかと思った。

――わたしたちも蚕も、暗いところからやってきて、少しのあいだあかるい場所にとどまって、また暗いところに帰る。あかるいところにいるときだけ、身体という形を持つの。でも、ただそれだけなのよ。

繭玉飾りのイベントの翌日、喜代さんはそう言っていた。あかるいか暗いかだけ。きっと同じことなんだと思う、と。

――あかるいところにいるあいだ、辛いことも多かった。けど、きれいなものも見たし、おいしいものも食べた。楽しいこともたくさんあった。家族もできて、みんなと会えた。しあわせだったなあって思う。

いまでもあのときの喜代さんがすぐ近くにいるような気がする。

「タノシク、イキロ」

家が言った。

人が楽しく生きていれば、家もうれしいのだろうか。

辛くても、悲しくても、人が精一杯生きていれば、家は喜んでくれるのだろうか。

窓の下の人たちをながめ、僕もまたあのなかで生きるんだと思った。いろんなものを見て、いろんなことをして、いろんなことを思って。

「わかりました」

僕はうなずいた。

ふぉふぉっと家が声を立てる。家が笑っている、と思った。

帰りはみんなでバスに乗って川越駅に戻り、月光荘までの道を歩いた。大正浪漫夢通りから、一番街へ。蔵造りの町並みを見ていると、川越にはじめて来たときのことを思い出した。

木谷先生、島田さん、真山さん、田辺、石野、沢口、安藤さん、べんてんちゃん、安西さん、豊島さん、笠原先輩、美里さん、陽菜さん、ゆきくん、敏治さん。豆の家の佐久間さんと藤村さん、悠くんと綾乃さん、三日月堂の人たち、ちょうちょうや川越織物研究会のメンバー……。いろいろな出来事が頭のなかをめぐっていく。

そのひとつひとつが、いまの僕につながっている。

「タノシカッタ」

家に戻ると月光荘はそう言って、敏治さんの家で見たことをあれこれ語った。プレートとしてあの家までついてきたけれど、プレートでいるあいだはしゃべることができないらしい。

「よかったな」

「エイガ、ボクモ、ミタイ」

あの家での会話を聞いていたのか、月光荘はそう言った。

「エイガ。オモシロイ、タノシイ、ワラッテ、ナイテ……」

あの家が言っていたことをくりかえす。

「映画っていうのは、お話なんだ」

「オハナシ？　チョウチョウミタイナ？」

月光荘はちょうちょうの朗読会が好きで、いつも楽しみにしている。

「あれは朗読だから、声だけだろう？　映画はね、見えるんだ。人や動物や、いろんなものが映って、動く」

「カゲエ？」

ちょうちょうの朗読会ではときどき影絵を使うことがある。月光荘はそれもすごく気に入っていた。

「影絵とはちがうかな。原理は似てるけど……」

光と影でできているところはたしかに似ている。

「色がついてるし、本物そっくりなんだ。それで、そのなかで人がしゃべったり動いたりするんだよ。この世界では起こらないようなことが起こって……」

いや、そっくりっていうのも変か。本物を撮影して作っているわけだし……。

どう説明したらいいかわからなくなって、僕は黙った。月光荘はフィクションというものを理解できるのだろうか。SFやアクションを見たら怖がるだろうか。最初は子どもが見るような映画がいいのかもしれない。

「ミタイ」

「そうだな、あそこがシアターカフェになったら連れていくよ」

「イマスグミタイ」

よほど映画に興味を持ったのだろう。

「いますぐ？　ここのプロジェクターを使えば、映画は見られるけど」

「エイガカンガイイ」

「映画館か。じゃあ、今度行ってみようか。映画館には月光荘よりずっと大きなスクリーンがあって、そこに映像が映るんだ。この部屋の壁よりもっと大きくて」

「ウミ、ミエル？」

「海？」

月光荘のプレートを持って鎌倉の海に行ったときのことを思い出す。あのときも月光荘は海を見たがっていた。

「海が映っている映画か。あるよ、たくさんある」

「ソレガイイ」

月光荘はそう言って、楽しそうに「海」を歌った。

「田辺と石野の結婚式も、あの蔵でできたらいいのにね」

なにげなくそう言った。

「ケッコンシキ？」

月光荘が訊いてくる。

「ああ、月光荘はまだ知らなかったっけ。人は大人になると結婚するんだよ。ああ、しない人もいるけど、する人が多いんだ。それで家族になって、子どもが生まれたりする」

「フウン」

月光荘はわかったようなわからないような声を出す。

そういえば、三日月堂の悠生さんと弓子さんのところももうすぐ子どもが生まれるらしい。今日、安西さんがそう言っていた。

「モリヒトモ？　モリヒトモ、ケッコンスル？」

月光荘に訊かれて、一瞬言葉につまった。

「うーん、どうだろう。いつかはするのかもしれない」

一瞬、豊島さんの顔が頭をよぎり、ぶるぶるっと首をふった。

声のことを話せなかったとしても、相手を信じ、ともに生きることはできるのかもしれない。いまはそんな気がしている。それはまだまだ先のことだけど。

「ココニ、スム？」

月光荘が言った。

ここに住む？

部屋のなかを見まわす。

一階は地図資料館。二階の大部分はイベントスペース。キッチンやバスルームは下にあるものを使っているが、僕のプライベートスペースはこの居室だけだ。僕ひとりなら不自由はないが、結婚してからもここに住み続けるのはむずかしいだろう。まして子どもが生まれたら……。

これまで、ここを出ることなど考えたことがなかった。そういうことがあるだろうと頭ではわかっていたが、ここから離れると本気で思ったことがなかった。

——カラダガアルウチシカ、デキナイコト、タクサンアル。ダカラ、イキロ。

——ジュウブン、イキロ。

家の声を思い出す。結婚して子をなし、育てることも、そのうちのひとつだろう。僕にそんなことができるのか、よくわからないが。

でもそうしたら、ここを出なければならないのか。島田さんが許してくれるかぎり、イベントスペースの仕事は続けるつもりだ。だから月光荘と完全に離れることはない。でも、いまのようにふたりで話す時間はそんなに持てなくなるのかもしれない。

そう考えるとさびしくなる。

「ダイジョウブ」

月光荘の声がした。

「モリヒト、トモダチ」

あかるい声にはっとした。

「モリヒト、トモダチ。ドコニイテモ、イツモイッショ」

どこにいても、いつもいっしょ。

その言葉を聞いたとたん、すうっと目から涙がこぼれた。

「そうだね」

僕はうなずいた。

どちらが先になるかわからないけど、いつか月光荘も僕も、この身体を失うだろう。でも、だからこそ、いまじゅうぶん生きなければならない。

丸窓の外に月が見える。明日からのことを思いながら、白くしずかな光を見つめていた。

（了）

本書は、ハルキ文庫のための書き下ろし作品です。

ハルキ文庫

ほ5-6

菓子屋横丁月光荘(かしやよこちょうげっこうそう) 光の糸(ひかりのいと)

著者　ほしおさなえ

2023年6月18日第一刷発行

発行者　角川春樹

発行所　株式会社角川春樹事務所
〒102-0074 東京都千代田区九段南2-1-30 イタリア文化会館

電話　03(3263)5247(編集)
03(3263)5881(営業)

印刷・製本　中央精版印刷株式会社

フォーマット・デザイン　芦澤泰偉
表紙イラストレーション　門坂 流

ISBN978-4-7584-4571-9 C0193 ©2023 Hoshio Sanae Printed in Japan
http://www.kadokawaharuki.co.jp/[営業]
fanmail@kadokawaharuki.co.jp[編集]　ご意見・ご感想をお寄せください。